# 緋色の稜線

あさのあつこ

角川文庫
22409

目次

# 一　月夜

月が出ていた。

満月に近い、丸い月だ。しかし、満月というには、どこかがわずかに欠けているようで、その欠けた部分のわずかさだけ、歪《ゆが》みを感じる。

そんな月だった。

昨日、日本列島の南西部を観測史上二番目という速度で横断し日本海に抜けた台風の影響で、空には雲が多い。

雲は、月をたびたび隠す。

くねくねと幾重にも曲《く》ねる山道の真ん中に白い車を止め、吉行明敬《よしゆきあきたか》はライトを消してみた。闇が覆いかぶさってくる。闇より他には、何も無い。手を伸ばせばどろりと絡まってくるような濃い闇。都会では決してお目にかかれない闇。もう何十年も忘れていた闇だ。

車からおり、煙草に火をつける。しゃがみ込み、煙を吐き出す。何年も禁煙していた。しばらくぶりの煙草だ。火をつけるとき、指の先が微《かす》かに震えた。

この指で絞めた。

白い頸《くび》だった。とても白かった。血管や筋肉組織まで透けて見えるんじゃないかと錯覚するほど色素の薄い皮膚だった。覚えているのは、その白さだけだ。一時間以上、同じベッドの中にいて、ずっと絡み合っていたのに、ほとんど何も記憶に残っていない。

乳房、腹、臍《へそ》、耳朶《みみたぶ》、髪、尻《しり》、陰部、太腿《ふともも》、声、体温、皮膚の湿り気……何一つ、残っていない。

ぽつりと水滴が頰にあたった。一つ、また一つ。同時に雲が切れて月が覗《のぞ》く。青みを帯びた光が闇に差し込み、アスファルトの上に吉行の影をつくった。長身痩軀《そうく》ではあるけれど、身体のそこここに相応の緩みを帯びた中年の男の影だ。

濡《ぬ》れちゃあいけんぞ。

ふっと言葉を思い出す。誰のだろう。

月といっしょに降る雨は不吉なもんじゃ。濡れちゃあいけん。濡れるんなら、お天道さまの雨にしろ。

思い出した。

ばあちゃんだ。中学生のときに死んだばあちゃんだ。おれが夜、雨に濡れて帰ってきたとき、そう言った。あの時の雨も、月夜の雨だったんだろうか。死病に冒されてがりがりに痩《や》せていたのに最後まで入院を拒否し、口からも肛門《こうもん》からも、嫌な臭いのする液を流し、看病のおふくろを嘆かせ、夫婦喧嘩《ふうふげんか》の原因になり、そのことを本人も充分承知しながら意を貫いて、自分の家の、狭い部屋の、薄い布団の上で死んだ。その数日前のことじゃないか。

月の雨に濡れちゃいけん。

ぽつり、ぽつりと雨が降る。青いぼんやりとした光の中に落ちてくる。煙草を投げ捨て、立ち上がり、靴の踵《かかと》でふみつける。車に乗り込み、ライトをつける。人工の強烈な光が闇も月明かりも瞬時に切り裂く。光の届く範囲に、黒々とした山の斜面と崖《がけ》に挟まれた道路がうかびあがった。中国山脈を東西に横切る道路は、秋や春の観光シーズンを除いては、日に十数台の交通量でしかないはずなのに、ちゃんと舗装がしてある。道幅も広い。この辺り一帯を選挙地盤に持つ国会議員が政府の要職にあると聞いたが、そのことと山間《やまあい》の妙にりっぱな道路とは因果関係があるのだろうか。どうでどうでもいいことを考えてしまう。白い頸を思い出さないために、どうでもいいことでも考えていよう。

エンジンをかけ、ブレーキを解き、アクセルを踏む。車は、走り出す。下りに入っていた。あと三十分もすれば、山裾《やますそ》の小さな温泉町に着くはずだ。

ふいに、サイレンが聞こえた。文字どおり座席の上で飛び上がる。心臓が縮み、呼吸が詰まる。サイドミラーの中で赤い光が点滅している。

もう、ばれたか……。

絞殺死体が発見されたという報道は、まだ聞いていない。少なくとも夕方のニュース番組では触れていなかった。しかし……。

サイレンが近づいてくる。吉行は車を道路の片側に止め、大きく息を吐いた。このままアクセルを踏み込んで、谷底めがけてのダイビングもいいな。そう思った。けれど、足が萎《な》えたように動かない。

煙草を取り出し、火をつけないまま口にくわえる。

他人を殺すことと自分を殺すこと。罪はどちらが重い？

赤い光が迫ってくる。サイレンがうるさい。こんな山道のこんな雨の夜、けたたましく鳴り響かせることに何の意味があるのだろう。

おれを威嚇しているのか、牽制《けんせい》しているのか。

煙草のフィルターを前歯できりきりと噛《か》んでみる。苦い。

やっぱり突っ込むか。車ごと、この岩と灌木《かんぼく》の崖を転げながら落ちていくか。いや、勢いよく飛び出せば、空にきれいな軌跡を描いてあっという間に底まで行きつける。そこで炎上する。

やるか。

このどろりとした粘着の闇に、一瞬、火柱を上げ、燃えてみるのも悪くない。苦しくはないだろう、たぶん。少なくとも縊《くび》り殺されるよりは楽なはずだ。

少し寒気がした。薄いワイシャツがしっとりと濡れて、肌に貼りついている。

月の雨に濡れちゃいけん。

遅いよ、ばあちゃん。もう遅い。おれ、こんなに濡れちまったよ。

ブレーキからアクセルに足を移す。踏み込もうとしたとき、パトカーが鳴き喚《わめ》きながら傍らを通過した。慣れているのか運転者の腕が巧みなのか、舗装してあるとはいえ、かなりの急カーブが続く夜の道を安定したスピードで下っていく。音は遠ざかり、赤い光は視野から消える。もう一度強く、煙草を嚙み締める。

パトカーのライトってくるくる回ってるとばかり思ってた。ああ、違うんだ。あんな横に細長い形で……。

唐突に笑いが込み上げてきた。身体の奥から湧いてくる。煙草が膝《ひざ》の上に落ちる。

吉行は、ハンドルの上に突っ伏して、痙攣《けいれん》のような笑いに全身を委ねた。安堵《あんど》したわけではない。愉快なわけではない。希望を摑《つか》んだわけではない。ただ、笑っているだけだ。口を半開きにして、けたけたと笑っている。口の端から唾液《だえき》が垂れる。

きみは、愛想笑いをしない。

津雲《つぐも》はそう言って手を差し出した。都心にあるオフィスビルの二十階、ブラインドを下ろした窓辺に鉢植えのファレノプシスが二つ、飾ってあった。二つとも造花みたいに綺麗《きれい》だった。枯れることも色褪《いろあ》せることも決してないみたいに綺麗だった。

ファレノプシス、胡蝶蘭《こちょうらん》。蝶に似た花。白い花弁。白い頸。

上司に愛想笑いをする必要がないほどにきみは自分の実力を熟知している。そして、わたしはきみ以上にきみの実力を知っている。期待しているよ、吉行くん。

正直、あれには感動してしまった。期待されることには慣れっこだったけれど、あれには感動した。単純にころりと騙《だま》された。

始まりと同様、ぶつりと切断の音がするほどの唐突さで笑いは治まった。顔を上げると、フロントガラスには雨粒がびっしりとはりついている。本能のままに産みつけられた昆虫の卵のようだ。ワイパーを動かす。そして、車を発進させる。

二キロも走っただろうか、吉行は再び、車を停止させた。道はそこから二方向に分かれている。

新道と旧道、どちらも下り坂。

新道の半分程度、車一台分の幅しかない旧道は一応舗装が施されてはあるが、崖側から伸びてきた草と、山の斜面から被《かぶ》さってきた枝に侵され、ほとんど道の体をなしていない。さっきのパトカーはむろん、新道を下ったはずだ。この先で事故でもあったのかもしれない。交通量が少ないとはいえ、事故が皆無とは言い切れないのだ。警官による交通規制が行われている可能性だってある。だとしたら……。

吉行は旧道に向かいハンドルを切った。乗り入れたとたん、車体が、がたがたと揺れる。思いの外、荒れた道らしい。

月が出た。青い光が道を照らし出す。雨はまだ、未練のように降り続いている。ががたがたと揺れ、枝をはじき、草を踏みつけ、臆面《おくめん》も無く道を横切る野生の小動物にブレーキを踏み、とろとろと下り続ける。闇は続き、ますます濃くなるようだ。この先に人の生活する場所があるとは信じ難い。誰もいない。何もない。夜さえ明けない。闇のままだ。ライトの光の中を狐が過《よぎ》る。蛾が飛ぶ。

ぽかりと半円形の入り口が現れる。

「トンネルか……」

古びたトンネルだ。テレビ局が夏の納涼番組に特別心霊スポットとして飛びつきそうな代物だ。躊躇《ちゅうちょ》なく、吉行は車を進めた。

昔、まだ小学生の頃、トンネルの話を読んだことがある。道に迷って白い石造りのトンネルを潜《くぐ》ると、別世界が開けていたというストーリーだった。その世界がどんなものだったのか、主人公が少年だったのか少女だったのか、どう始まりどう終わったのか、記憶は覚束《おぼつか》ない。トンネルを抜けると別のものがあった。それだけを覚えている。以前に一度だけ、他人にその話をした。

「トンネルって産道のことじゃない」

優実《ゆみ》は、吉行の傍らで含み笑いをしていた。

「産道？ 赤ん坊の生まれてくる？」

「そう、女にあって、男にないもの」

優実の手がシーツをはぐ。裸身。浅黒い肌、丸く豊かな乳房、乳首の横の小さな痣《あざ》、なだらかな腹部。

「男って、みんなここに帰りたがってるの。もう一度、生まれなおしたいって思ってるの。だから、トンネルの夢を見るのよ」

「夢じゃない。昔読んだ物語だ」

「どっちだって同じでしょ」

「ちがうだろう」

「同じなの」

優実は吉行に身体を向け、脚をわずかに開いた。高校時代、体操部に在籍し、今でも週一ジムに通っているという女の脚は、贅肉《ぜいにく》のないかわりに柔らかさに乏しく妙に機能的で、いくら開いても官能の匂いはしなかった。

あの脚の間から、優実は子を産んだだろうか。

トンネルは産道。潜り抜ける。生まれ落ちる。生まれ変わる。リセット。もう一度最初から、産道を通るところからやり直す。

トンネルを抜ける。変わらぬ荒れた山道が続く。元には戻れない。引き返せない。前に進むしかない。ただ下り、ただ堕《お》ちる。視界がぼやける。涙ではない。フロントガラスが曇っているのだ。涙を流した、いちばん近しい記憶はいつだ？　もう二十年以上も前、中学生のときだ。祖母の葬式で、目頭が熱くなった。

ばあちゃんのこと、けっこう好きだったんだ。泣くことで改めて気がつき、気がついたことでまた、涙が出た。あれ以来、涙とは縁がない。幼馴染《おさななじ》みの男との結婚が決まり、東海地方のどこかにある故郷に帰る優実を見送ったときも、十年近くを暮らした妻との離婚届に判を押したときも、娘の奈々子《ななこ》がバイバイと手を振ったときも、目頭は冷めたままだった。

月の光が注ぎ、雨が降る。ふらりと白い影がゆれた。急ブレーキをかける。前にのめり、思わず目を固く閉じた。一呼吸ついて、ゆっくり瞼《まぶた》を持ち上げる。前方には何もない。白い物など何一つなかった。呼吸を整える。

でも……確かに……。

コッコッ。運転席の窓ガラスが叩《たた》かれた。整えたばかりの息が、一瞬、詰まる。

「すみません」

若い声が言った。

「すみません。乗せてもらえませんか」

決して高くはないのに、よく通る声だ。美しいといってもいい。縁取りのくっきりとした心地よい響きがある。ほとんど無意識に窓を開けていた。

呼応するように月が雲間から、全身を現す。青白い光が地に満ちる。窓越しに相手の顔がはっきりと見て取れた。

少年だ。とても、若い。染みも皺《しわ》も髭《ひげ》の剃《そ》り跡もなく、くすみも淀《よど》みもない。時間を経てきた痕跡《こんせき》の存在しない顔だ。額にかかった前髪が濡《ぬ》れている。月のせいなのか、若さの故なのか、全身がやや青みを帯びた透明に近い膜で覆われている。それが第一の印象だった。

若い。吉行は無言で、少年を見つめていた。少年も無言のままだ。サイドブレーキを引いて、ハンドルから手を離す。

トンネルを潜り抜けると、少年に出会った。それだけだ。おれはおれのまま、何も変わらず、ここにいる。少年は返事を催促しなかった。待っている。

「きみ一人か?」

「いえ」

「連れがいるのか?」

「はい」

「何人?」

「一人」

少年が横を向く。頭の中を一瞬、光の矢が通過する。

どこかで……。

どこかで会った。どこかで会ったことがある。どこかで……。

「おいで」少年が横向きのまま声をかける。草陰から、ひょこりと幼女が現れた。バイバイと手を振ったときの奈々子ぐらいだろうか。いや、もう少し幼い。だとしたら五つか六つ。少年は幼女を抱き上げ、再び吉行に向き直った。やはり、何も言わない。

どこかで会っている。おれは、この少年を知っている。

思い出せない。感情だけが強く揺れる。しかし、思い出せない。

「こっから先な」

と幼女が前方を指差す。この地方の訛《なま》りがあった。

「道がないで」

「道がない？」

「うん、道がお山のなかに消えとるよ。ねっ」

幼女は少年に同意を求め、吉行は幼女の言葉を理解しかねて少年を見やる。

「道が塞《ふさ》がっています。山の斜面が崩れて土砂が流れ落ちたみたいで」

「土砂崩れ？　台風で？」

「いや、もっと以前から。誰も気がつかないのか……」

気がついても知らぬ振りをしているのか。どちらにしても、前には行けない。幼女の言葉が真実ならだが。真実だと信じる根拠はどこにもないが、嘘だと断定する根拠もない。

吉行は、ドアロックを解除した。

「乗りなさい」

「ありがとうございます」

少年が軽く頭をさげる。幼女と共に、後部座席に乗りこんできた。

「よかったね。乗せてもらえて」

幼女の屈託のない声。奈々子は、こんな可愛らしい声音をしていたかな、と考える。

妻の弥生《やよい》に似て無愛想な性質だった。いつも、用心して相手を窺《うかが》うような、疑うことがスタート地点だというような暗い眼差《まなざ》しをしていた。別れたとき、まだ七歳だった。

パパ、バイバイ。もう会えないね。

吉行は、トンネルの出口付近、わずかに道幅の広がった場所で車の向きを変えた。

「どこまで行くんだ？」

吉行の問いに、少年より先に幼女が答えた。人懐っこい性格らしい。

「あのね、かこのお家《うち》」

「かこ？　名前なのか？」

「うん。かこちゃん」

「かずこだよ」

少年が静かに訂正する。

「ささやまかずこ」

「ちがう、かこちゃん」

幼女はいやいやをするように、頭を振った。おかっぱと言うのだろうか、前髪も毛先も真っすぐに切り揃えられている。

「かずこってどんな字を書くんだ？」

吉行の問いに、やはり、少年が答えた。

「平和の和に子どもの子です。植物の笹に山」
笹山和子《ささやまかずこ》か、髪型も名前もやけに古臭いな。さっきほどではないが、小さな発光が頭の中であった。笹山和子。聞いたことなかったかな……どこかで、どこかで、どこかで……まさかなと自分の声が、自分を嘲笑《あざわら》う。

少年には以前どこかで会った気になり、幼女の名前は聞いたことがあると思う。軽い錯乱だ。おかしくなってる。あの白い頸《くび》に手をかけた瞬間、スイッチが入ったのかもしれない。記憶も思考も崩れ始めているのだろうか。記憶も思考も人格も、できれば肉体も、崩れてほしい。崩れて、腐敗して、風化して……。そうすれば、おれなど端《はな》から存在しなかったことにならないか。

「おまえさえ、いなかったら」母親が、しょっちゅう口にしていた。
おまえさえいなかったら、こんな家、すぐに出て行けるのに。
おまえさえいなかったら、とっととお父さんと別れられるのに。
おまえさえいなかったら、こんな生活、捨てられるのに。

だから、存在してきたことを帳消しにすればいい。産道の中に潜り込み、子宮の中に辿《たど》り着き、そこで消える。そうだ、そうだ、それがいい。傑作だ。また笑い出しそうになる。視線を感じた。

ミラーに少年の眼が映っている。瞬《まばた》きしない眼だ。瞬き一つしないまま、見つめている。

「きみは？」

「はい？」

「名前は？」

ガタンと揺れて、車は新道に出た。ああと少年は頷《うなず》いた。

ああ名前ね。

沈黙が続いた。

「言いたくないなら、別に聞かないが」

名前より、もっと性急に尋ねることがあった。

「おれは、この先の湯戸《ゆと》温泉に泊まる。きみらはどこまで行くんだ？　こっちの方角でいいのか？」

「いいです」

「どこに行くんだ？」

「かこちゃんのお家。お家に帰るんで」

和子が少年を見上げ、なっと念を押した。少年は、そうだなと呟《つぶや》く。

「おじちゃん、かこは、お家に帰るの」

和子が後部座席から身を乗り出してきた。吉行の首筋に小さな手が当たった。ひやりと冷たい。雨に濡れて冷えきっているようだ。

「そうだな。早く帰ったほうがいい。風邪をひかないうちに、お母さんに着替えさせてもらわないとな」

「うん。あんな、帰ったら浴衣《ゆかた》を着るの。赤い花のついたやつ。お母ちゃんが縫うてくれたんで」

「そうか……で、そのかこちゃんの家はどこなんだ？」

フロントガラスに映った少女の唇が結ばれる。助けを求めるように、和子は少年の腕を引っぱった。「かこのお家、どこ？」。少年は前を見つめたまま、低く答えた。

「尾谷村《おたに》」

「尾谷村。あんな奥か」

この道を下っていけば、下りきったところに湯戸という温泉町がある。町は山にへばりつき、川を挟むようにして東西に人家や旅館の点在する鄙《ひな》びた郷《さと》だ。一時、隠れ湯とか秘境の湯とかのブームに乗って賑《にぎ》わった時期もあったが、一過性の好景気に過ぎなかった。

洒落《しゃれ》た宿泊施設も目玉となる観光スポットも、山深い立地条件を逆手にとって集客しようという意欲も乏しい町は、年々廃れて縮んでいくようだ。それは、住人の老齢化と不思議なほど歩調を揃えていた。人だけでなく、町も家も老いてゆく。猛々《たけだけ》しくぎらついているのは季節だけだった。それでも湯戸は江戸時代の初期、明暦《めいれき》の頃から、湯治場として郷土資料に登場しているほどの古い温泉地だが、尾谷村は湯戸からさらに峠を一つ越えた山麓《さんろく》にある集落だ。平家の落人《おちうど》の村だとか、遠い昔、山人と呼ばれた人々の末裔《まつえい》の住む村だとか言われていた。吉行は中学卒業まで湯戸より数キロ南の町に暮らしていたが、中学の同級生に二人、尾谷村の出身者がいた。冬季は、雪のため村との交通が途絶え通学不能となるので、校舎の一部を改築した寄宿舎に住んでいた。二人とも男で、体型も性格も似通っていた。寡黙で温和で、足が速かった。トラック競技の能力に長《た》けているという意味でなく、日常の動き、廊下を歩いたり、階段を昇降したり、グラウンドを横切ったりする、そういう動作の一つ一つが素早かったのだ。尾谷村の二人が足を引きずって重たげに歩いている場面を、吉行は中学の三年間、ついぞ見かけなかった。

あの二人、なんて名前だったっけ……あっ、一人は笹山、そう、もう一人もやはり笹山という姓ではなかったか。

「尾谷って笹山姓が多いのか?」

どうでもいいような質問をしてみる。

「さあ」。少年が首を傾げた。

「さあって、きみは尾谷の人間なんだろ？」

「いえ」

「きみたちは兄妹《きょうだい》じゃないのか？」

「ええ……違います」

「お兄ちゃんはね」和子がまた、身を乗り出す。少し興奮しているようだ。

「かこをお家まで送ってくれるんで。なっ」

「そうだな」

吉行はほんの少し寒気を覚えた。なんだか、よくわからない。わからないことだらけだった。

この時刻、街路灯一本ない山道に、この二人はなぜ、立っていた。道の先は行き止まりだと言った。そこまで歩いて、また引き返してきたのか。しかし、尾谷村に行くのなら旧道など通る必要はない。今走っているこの道を湯戸まで行けば、本数は少なくともバスという交通手段が使えるはずだ。吉行が子どもの頃は、湯戸の町と近隣に点在する村を結んで巡回する町営バスが一日に四本だけ、通っていた。知らなかったというのだろうか。迷って旧道をうろついていた、と。そこに偶然、おれが通りかかった。偶然？　まるで奇跡のような偶然じゃないか。だいたい、この二人、兄妹でなければどういう組み合わせなんだ。

少年の視線を感じる。動かない視線。瞬きしない眼。美しい鉱物のようだ。

どこかで……どこかで、この眼に会っている……どこかで。頭の隅が痛む。鈍痛。白い頸が浮かぶ。浮かぶのは頸だけだ。縊《くび》り殺し、ラヴホテルの一室に遺棄してきた女の顔も身体も、やはり浮かんでこなかった。その白さが誘引する鈍痛に阻まれて、あらゆる記憶が曖昧《あいまい》になる。

どこかで……どこかで会っている、知っている……思い出せない。さっきより、強く寒気を感じる。ハンドルを固く握る。

「きみたちは」

声が喉《のど》に引っかかる。そういえば、ここにも鈍い痛みがある。月の雨のせいかもしれない。こんなに濡《ぬ》れてしまったから、身体のあちこちが痛むのだ。

「きみたちは、あんな所で何してたんだ？」

「待っていました」

「待っていた？　車が通りかかるのをか？　しかし、あそこは、めったに車なんか通らない道だろう」

「でもこうして、乗せてもらえましたから」

「運がよかったというわけだ」

「いや、そうじゃなくて……」

「そうじゃなくて？」

「待っていましたから」

ブレーキを踏む。後部座席を振り返り、少年を睨《にら》む。苛立《いらだ》ちが込み上げてくる。視線も口調も尖《とが》り、険しくなる。吉行は、手のひらをハンドルに強く打ちつけた。

「だから、あんな所でいくら待ってたって、車が通るわけはないんだ。おれが気まぐれを起こしてたまたま通りかかったからよかったけど、そうでなければ」

口をつぐむ。少年が微笑んだのだ。吉行の視線を受け止め、微笑んだ。

「何がおかしい」

語調が乱れる。苛立ちが募る。

ガキめが、何を笑っている。

心の内で毒づきながら、眼前の少年が本当にガキなのかと、反問する。違うだろう。たぶん、まるで違うだろう。

「待っていましたから」

微笑んだまま、少年が言う。吉行は瞬きを繰り返し、唾《つば》を飲み込んだ。問うてみる。

「おれをか？」

「ええ」

少年が頷いたとき、おとなしく窓から外を眺めていた和子が吉行を見上げ、おじちゃんと呼んだ。

「いつ、かこのお家《うち》に着くん？」

「何だって？」

「もういくつ寝たら、お家に着くんかなあ」

「おいおい、冗談はやめてくれよな。湯戸までは連れていってやるが、そこで降りてくれよ。おれが尾谷なんぞまで送っていくわけないだろう」

和子の幼い顔が、くしゃんと歪《ゆが》む。泣き出しそうな表情で少年に寄り添う。吉行もまた、顔を歪めたまま車を発進させた。

こいつら、頭がおかしいのかもしれない。いかれているんだ。そうでなければ、救いようのないほど厚かましい連中で……いや、やはりいかれている。おれを待っていたって？　どういう意味だ？　それとも、意味なんかない出任せか。ともかく、乗せてしまったものはどうしようもない。ともかく一秒でも早く降ろすことだ。バス停までは連れていってやろう。そこで、無理やりにでも降ろしてしまえばいい。バスの最終便はとっくに出発しただろうが、そんなこと知ったこっちゃない。まったく、厄介なお荷物を……。

心臓が縮まった。急なカーブを曲がった瞬間、赤い光が点滅していたのだ。パトカーが止まり、路上の警官が制止の合図を送っている。汗が滲《にじ》む。口内が渇く。車を警官の指示する場所に止める。警官が窓から覗《のぞ》き込み、すいませんねと会釈する。

「どちらまで？」

「湯戸温泉までです」

免許証の提示を求められるだろう。名前と顔写真。照合。ばれるだろうか。

ここまでだろうか。たった二日の逃避行。あっけないもんだ。逃げおおせられるとは思ってもいない。そんなこと望んでいない。しかし、もう少し自由時間が欲しい。せめて、あと一日欲しい。

「かこね、お家に帰るんで」

ふいに和子が陽気な声をあげた。警官の丸顔が和子に向く。

「そっか、お父さんやお兄ちゃんといっしょに、お家に帰るんか」

警官の言葉を少年も和子も否定しなかった。和子は、ほとんど聞いてさえいないようだ。

「お母ちゃんが待っとる。浴衣《ゆかた》を縫うてくれたから、お祭りに着るんで。赤いお花のついたやつ。くみちゃんのは蜻蛉《とんぼ》がついとんで。かこ、お花のほうが好き」

「そうか、お花でよかったな。くみちゃんってお友だちかい？」

「妹。まだ三つ。でも浴衣、着るの。着たいって泣くの」

和子が指を三本立てた。警官の笑顔がさらに広がる。子ども好きなのかもしれない。

「可愛らしい娘さんですね」

「いや……おしゃべりで困ります」

「いやいや。しっかりしてます。えっと、すいません事故があって、この先、道幅が狭くなっています。こちらで誘導しますので、低速で走行してください」

警官がすっと離れる。道はほぼ下りきっていた。片側はまだ山の斜面だが、反対側は崖《がけ》のかわりに水田が広がっていた。暗くて確認できないが、冬の早いこの地方の稲なら、すでに穂が長く伸びているだろう。もう一月もすれば、実の重みに頭《こうべ》を垂れ、風にシャラシャラと小気味よい音をたてるだろう。

道を半ば塞《ふさ》ぐ格好で、軽トラックが一台横転していた。水田に突き刺さる形で、小型バイクが前半分を突っ込んでいる。この時間、この場所でどんな状況下で事故が起こるのか。吉行には想像がつかなかった。警官が、白旗を左右に振る。車一台、なんとかすり抜けられるだけの幅しかない道をゆっくりと進む。すり抜けたとたん、ほっと息を吐いていた。不自然でない程度にスピードを上げる。

「バイバイ」

和子が窓から掌《てのひら》をのぞかせ、ひらひらと動かす。警官が何か答える。車は、制限速度で遠ざかる。さっきより深く息を吐いていた。

「助かった」。ぽろりと呟《つぶや》きが零《こぼ》れた。慌てて、唇を噛《か》み締める。後部座席からは何の反応もなかった。

なるほどね、子連れってのは怪しまれないもんだ。家族サービス中のパパが殺人犯なんて、誰も考えないってわけか。優しいパパ、すてきなパパ、休日はいつも家族といっしょ。仲良し家族、今日はドライヴをしているの。ママの待っているお家まで、楽しい時間を過ごすんだ。

パパ、バイバイ。もう会えないね。元気でね。

奈々子は、自分の父親が殺人者だと知ったらどんな顔をするのだろう。妻の、いや元妻の苗字《みょうじ》になって、一生、父親のことを隠し通して生きるのだろうか。

街の灯《あか》りが見え始める。いとも簡単に闇に塗り込められそうな覚束《おぼつか》なさだけれど、人工の灯りにはちがいない。風が吹いても揺れず、雨にも消えず存在している。月は、いつの間にか雲に覆われていた。

「おじいちゃん、死んじゃったね」

和子が、ふいっと息を吐き、俯《うつむ》いた。ひどく大人っぽい所作だった。

「おじいちゃん？　おじいちゃんて誰だ？」

「さっきのおまわりさんの後ろにいたおじいちゃん。頭からいっぱい血が出とったもんな。あのおじいちゃん、転んだん？」

少年が和子の髪をすっと撫《な》でた。

「バイクに乗ってたんだ。車とぶつかっちゃったんだよ」

「おい」

たまらず、吉行は声を荒らげた。

「この子は何を言ってんだ。頭がおかしいのか。いや、この子だけじゃない、おまえもだ。さっきから、わけのわからないことばかりほざいてる。はっきり言って気味が悪い。いいな、湯戸に入ったら降りてくれ」

「もう夜ですよ」

「それがどうした」

「もう夜です」

町の中に入る。ほとんど人影はなかった。温泉地らしく土産物の看板が並んでいる。けれど、どこもシャッターが閉まっていた。開いている店はほとんどない。飲み屋らしき店先からさえ、灯りは漏れていなかった。

えらく、寂れたもんだな。

吉行が学生の頃は、それなりにまだ華のある町だった。やはり老いている。色香を失いくすんでいる。

「右に」

三叉路《さんさろ》に差しかかったとき、少年が吉行の耳元で囁《ささや》いた。

「右？　なぜ右なんだ？」

「今夜の宿を探してるんでしょ。この先の宿なら泊めてくれます。それに」

「それに？」

「のんびりできる。浴室が広いんです。静かだし」

吉行は、右にハンドルを回した。

「若いくせに年寄りじみたことを言うんだな」

「だけど……のんびりしたいでしょう。お湯の中で」

頷《うなず》きそうになった。少年の一言が、なぜ自分が今、ここにいるのかを剝《む》き出しにしたように感じた。

そうだ、のんびりしたい。疲れた。あまりに疲れすぎた。

女が痙攣《けいれん》し、動かなくなった瞬間、脳裏をよぎったのはただ一言だけだった。

疲れた。

疲労は悪性腫瘍《しゅよう》のように身体にはびこり、じっとりと重い湿り気を放出し続ける。指の先まで疲労が詰まっている。取り除きたい。軽くなりたい。凝り固まったものすべてを柔らかく揉《も》みほぐしたい。生温《なまぬる》い液体の中にぽかりと浮いて目を閉じる。肉体を弛緩《しかん》させ、精神を空白にする。何も考えず、何も望まず、何も知らず、どのようにも動かない。ただ生温かく包まれて何もしない。それを希求した。そして故郷の近くにあるすたれかけた温泉郷までやってきた。

生まれて十五の歳まで、地方の片田舎で生きていた。父と母と兄と祖母。五人家族のなかから、一番先に消えたのは五つ違いの兄だった。十一で逝った。信洋《のぶひろ》という名前だった。里に初雪の舞った三日後に山に入り、入った三日後に凍死体で帰ってきた。その日は、朝から雪雲に覆われていたという。暗く、風が強く、本格的な冬のとば口の日だったとも聞いた。山菜の頃でなく、茸《きのこ》もすでに時季外れとなった山に、小学生だった兄がなぜ一人出向いたのか、誰にも答えられなかった。山の怖さは充分に知っていたはずだ。このあたりで、山をレジャーの対象にする者などいない。森林浴だの自然回帰だの軽装登山だの弁当持ってピクニックだの、都会人の戯言《たわごと》だ。今でも根っからの住人ならそう嗤《わら》うだろう。

山は豊穣《ほうじょう》な実りを与える。四季ごとに美しくもある。しかし、無慈悲に人を食らう。当時、それは里に住む者の常識だった。

実年齢よりずっと聡明《そうめい》で大人びていたという兄が、雪雲のかかる山に足を向け、迷い込み、杉の根元で凍え死ぬなど、にわかには信じ難く、事件性の有無が長く人々の口に上った。

吉行さんとこの信洋ちゃんまさか、誰かに。

まさかけど、それしか考えられんよなぁ。

誘拐って吉行さんとこに身代金の電話とかあったわけじゃないやろ。男の子やし、悪戯《いたずら》目的なわけないし。

わからん、わからん。変質者の仕業かもしれんで。近頃、変なのがおるらしいからな。わざわざ都会から来るって。

そういえば、去年もどっかで子どもが行方不明になってたな。

あれは、女の子じゃなかった？　二年ぐらい前にも山に入ったまま行方知れずの女がおったよな。二十歳前の若い子で。けど、吉行さんとこの信洋ちゃんがなんで。

やっぱり変質者じゃないん。都会の人はみんな車を持っとるって。だから、こんなとこまで来るんよ。

回り燈籠《どうろう》のように、噂話は同じところをくるくると回るだけで前には進まず、何も生み出さず、少しずつ色褪《いろあ》せて、年が明け、雪がとけ、花が咲き、季節が明らかに変化した頃には、兄の死は山にまつわる哀れな語り草の一つになっていた。日々の生活のなかで、人は存在しない者のことを忘れさっていく。しかし母と祖母だけは、ちがっていた。頑《かたく》なに沈黙を守りながら、それぞれに兄の行動の意味をとらえ、決して忘れようとはしなかった。

「お義母《かあ》さんのせいだから」

母は呟《つぶや》く。執拗《しつよう》に呟き続ける。兄が山に入る数日前から、頑強でめったに病気などしたこともなかった祖母が寝ついた。風邪をこじらせ、微熱が続き、咳《せき》が止まらず苦しんでいたのだ。祖母は依怙地《いこじ》に医師の診察と処方薬を拒み、昔ながらの薬草茶だけを口にしていた。

「信洋は、お義母さんに頼まれて薬草を採りにいったのだ」

母は呪文《じゅもん》のように繰り返す。心優しい息子の死を嘆くためではなく、自分の不幸を訴えるためでもなく、義母への恨みを募らせるために、繰り返す。口の中でぶつぶつと、ほとんど聞き取れない声で呟く。堪《たま》りかねた夫から平手打ちをくらっても、やめなかった。涙も浮かべず乾いた眼のままで、位牌《いはい》を見つめている。

「お義母さんのせいで、信洋は死んだんや」

祖母は、それを一笑に付した。

「あほくさい。うちは信洋に何も頼んだことなぞない」

皮肉にも、兄の不明から発見、葬式までの騒ぎのなかで祖母の健康は回復し、元の頑強な身体を取り戻していた。

祖母が囁く。

「信洋は、山にひかれたんじゃ」

兄を最後に目撃したのは、家人ではなく神社の神主の女房だった。神社の裏から幾重にも連なる山々に繋《つな》がる道を一人、登っていく姿を見たのだ。女房は、道端の斜面に猫の額ほどの畑をもち、そこで枯れた苗木の始末をしていた。雲が厚くなり、指先が凍えてきたので帰ろうと立ち上がったとき、足早に歩いてくる少年を目にした。少し俯《うつむ》き加減《かげん》で両手の拳《こぶし》を握り締め、ひどくせかせかした足取りだったと言う。その道はくねくねと奥に続き、やがて岨道《そわみち》と化す。女房は空を見上げ、自分の吐く息の白さを確かめ、声をかけた。

「信洋ちゃん。どこに行くんな」

そのとき、信洋は笑ったんじゃと。

祖母は口元をすぼめ、茶をすするように息を吸い込んで、言った。

足を止め、顔を上げ、兄は女房に笑いかけた。女房がつられて表情を緩めるほど屈託のない笑顔だった。

「どこに行くんな。こんな時間に」

「すぐ帰るけん。ちょっと……」

語尾を濁し、ほとんど走るように草藪《くさやぶ》の陰に消えたと、女房は後に証言している。

「まさか、あのまま行方知れずになるなんて思いもせんかったです。信洋ちゃん、ほんま嬉《うれ》しそうに笑うたんですから」

しかし、兄が仰臥《ぎょうが》の姿勢で発見された杉林は、神社の山から真北に十キロ以上離れた場所だった。女房の話に惑わされて、捜索が後手に回ったと露骨に批判する者さえいた。

「だから信洋は、山にひかれたんじゃ」

山は時にそういうことをする。人を欲しがるんじゃ。信洋はあんまし出来がよかったけん、山にひかれた。

それが、祖母の信じるところだった。神主の女房と祖母はまた従姉妹《いとこ》にあたり、仲がよかった。

以来、母と祖母はめったに口をきかぬようになる。罵《のの》りあうことも、諍《いさか》いをすることも、笑いあうことも、理解しようとすることもなかった。それぞれがあらぬ方向に顔を向けそれぞれに生きていた。二人の女の狭間《はざま》で長男を失った父が、目に見えるほど急速に老いていく。ともかく表面上は速やかに、日常が戻る。飯を食い、茶をすすり、仕事をこなし、母は次の年の夏の盛りに流産をした。その頃からだろうか、よく兄の名前を呼ぶようになったのは。

炎天下、川遊びから帰り、数人の友人と縁側に座り込んでいた背中に声をかけられる。

「信洋」

振り向くと、麦茶のコップとスイカを盆に載せて、母が微笑んでいた。

「よう遊んだね。これでも、おあがり。昼はソーメンにするからね」

スイカも麦茶も歯に沁《し》みるほど冷えていた。

「アキ、おまえ、いつの間に信洋って名前になったんじゃ」

友人の一人が、喉《のど》の奥が見えるほど口を開けて笑った。笑った拍子にスイカの種がぽろぽろと口の端からこぼれる。他の数人は、顔を見合わせて黙り込んでいた。兄の事故のことを覚えていたのだろう。

「信洋」

母の呼ぶ声。友人の笑声《しょうせい》と沈黙。冷えた麦茶。スイカの黒い種子。山の端にわいた入道雲。庭には数本の向日葵《ひまわり》が咲いていた。どれも二メートル近くの高さまで伸びて、花というより樹に近くなっていた。そして、ぎらつく太陽に漂白されたように白っぽく見える庭の上に、くっきりと濃い影を落としていた。幾種類もの蟬の声が響いていた。あの風景、あの音、あの夏の昼下がり、それが始まりだった。

向日葵は嫌いだ。向日葵は母の錯乱の予兆と重なる。麦茶もスイカも入道雲も夏そのものも、嫌いだ。季節が巡り、夏を経るたびに、母が兄の名を呼ぶ回数が増えてくる。兄の逝った冬ではなく、真逆の季節に、「信洋」と幾度も呼びかけられる。

「信洋、早《はよ》う風呂《ふろ》に入り」

「信洋、悪いけど、お遣い頼まれてくれん」

「信洋、信洋、ご飯やで」

父親は黙したままだった。何も聞こえなかったように黙り込む。祖母は頭を振り、当惑する孫の耳元に本当の名前を囁《ささや》く。焼きつけるように囁く。

「心配せんかてええ。おまえは明敬じゃ。信洋やない。明敬やで」

そうやって、また一日が過ぎていった。母が正気を失った者なら、子を失った悲しみのあまり、一時的にでも恒久的にでも正常な心をなくしてしまったのなら、まだ楽だった。母はただ名前を取り違えるだけなのだ。信洋と明敬。山で死んだ長男と目の前で生きている次男と、その名前を取り違えるだけなのだ。そのくせ、夫との諍いや義母との確執に鬱々《うつうつ》と気の晴れぬとき、妙にくっきりとした視線と口調を明敬に向ける。

おまえさえいなかったら、こんな生活、いつでも捨てられるのに。

中学に入学した頃から、吉行は自分が信洋なのか明敬なのか混乱するようになった。一瞬の混乱だ。テレビの画面が乱れるように束《つか》の間歪《ゆが》み、乱れ、混じりあい、自分が誰なのか判別できない。

ほんの一瞬。一瞬の恐怖。

おれは、誰なんだろう。信洋なのか明敬なのか。おれは、誰なんだ。消えたほうがよかったのは、信洋なのか明敬なのか。

ほんの一瞬、消えることのない怯《おび》え。

中学卒業と祖母の死去を機に、吉行の家を出た。県庁所在地にある県内有数の進学校に入学する。寮生活が始まった。十二人の寄宿生の中には、規律の窮屈さと建物の古さ不便さに音を上げて出ていく者もいたけれど、吉行明敬にとって「信洋」の名前が存在しない場所は、楽園に近い。夏休みは補習を口実に帰省しなかった。三年間、一度もしなかった。盆休みで寮が閉鎖される時期は、寝袋と身の回り品を詰めたリュックを担いで、短い放浪をしていた。夏の生家には、決して、決して帰らない。父からも母からも、帰宅を促す連絡は一度ならずあったが執拗《しつよう》なものではなく、拒めば、その拒否をあっさりと受諾し、生き残った息子の不在を嘆くでもなく寂しがるわけでもなく、季節の変わり目ごとに、身体を気遣う短い手紙を届けるだけで満足しているようだった。

高校をトップクラスの成績で卒業し、その成績に見合うだけのランクにある首都の大学に合格したときでさえ、帰省する気はおきなかった。高校の寮から直接、先輩の伝手《つて》で契約したぼろアパートに引っ越しすると決めていた。そのことを告げたとき、受話器の向こうで、さすがに母は「なんで……」と絶句し、やがて晩秋の虫の音を思わせる、か細いすすり泣きが聞こえてきた。受話器を置いた後も、耳の奥底に深く残る音だった。

## 二　雷光

道を右に曲がると、やや緩やかな上り坂になっている。街路灯が等間隔に並ぶ。夜の只中《ただなか》に光と闇のコントラストがある。ここは、確かに人の住む地なのだと思う。光に侵食されない闇、闇が侵しきれない光、二方のどちらかが欠けても異様だ。不夜城と呼ばれる大都市に暮らし、細切れになった闇しか長く接してこなかった。鈍麻していた闇への感覚が、山越えの数時間で一気に研ぎ澄まされたようだ。光と闇、どちらも要る。人の内にも人の外にも、コントラストは必要なのだ。

坂を登りきると、和風の旅館が建っていた。玄関先をぼんやりと常夜灯が照らし出す。さほど大きくはない。しかし、みすぼらしくはなかった。『ゆと屋旅館』と木製の看板がかかっている。

ああと吉行は、一息、吐き出した。

覚えている。一度、いや二度、家族でここを訪れた。祖母もいっしょだった。兄もいた。竹藪《たけやぶ》に囲まれた石造りの露天風呂《ろてんぶろ》が楽しくて、面白くて、湯あたりするほど浸《つ》かっていた。

「この子みたいに温泉好きな子どもは、おらんて」

のぼせた吉行に団扇《うちわ》で風を送りながら母が笑い、祖母はその年七回忌を迎えた祖父の、風呂場で寝込んだというエピソードを披露した。父は頷《うなず》きながら酒を飲み、兄は「明ちゃん、大丈夫か？」と幾度も尋ねてくれた。まだ変声期の兆しさえ窺《うかが》えない、優しげな声音だった。兄は成人した男の声をもち得ないまま、一生を終えたのだ。

「ここ、ずっと以前に泊まったことがある」

独り言のつもりだったが、短い返事が少年からあった。

「ええ」

ゆっくりと振り向く。少年を凝視する。

「知っているのか？」

「ええ」

「なぜ？」

答えるかわりに少年はわずかに目を細めた。透明な膜、美しい鉱石。どこかで会っている。なぜ、思い出せない。

白いワイシャツにネクタイをつけた中背の男が現れ、軽くお辞儀をする。吉行は車から降り、男と向かいあった。

「いらっしゃいませ」

「予約はしていないんだが、泊めてもらえますか？」

男の視線がすっと吉行の頭から足の先までを舐める。人を見定めるプロの視線だった。それは流れるように移動して、車の中の少年と幼女に注がれた。

「ご家族さまでいらっしゃいますね」

「そうです」

何の躊躇《ちゅうちょ》もなく答えていた。

「妻の実家に行く途中なんですが……尾谷という村です。ご存じですか？」

「はい、それは存じあげております。尾谷なら、まだかなり奥になりますね」

「明るいうちに着く予定だったんですが、車が故障してしまいましてね。修理にすっかり手間取ってしまって、娘が疲れてぐずり始めたものですから、できればこちらに泊めていただけないかと……」

「よろしゅうございます」

男は商売用の笑みを浮かべる。

「ただ、このお時間からのお泊まりとなりますと、お食事のご用意が整いませんが」

食事か、食事のことなど、すっかり忘れていた。

そう気がついたとたん、胃のあたりがぎゅっと絞られるような痛みを感じた。空腹感だろうか。これもまた絶えて久しい感覚だ。

「お腹、すいた」

和子が少年に抱かれて車を降りたとたん、ぐずりだした。諭しの言葉なのか少年が小さく囁《ささや》いたけれど、頭を振って訴える。

「かこ、お腹すいたもん。ご飯、食べたい」

それは、不意の動きだった。ほとんど反射的に幼女の小さな身体を受け止める。和子は身を捩《よじ》り、吉行に両手を差し出したのだ。少年に抱かれたまま和子は身を捩り、吉行に両手を差し出したのだ。ほとんど反射的に幼女の小さな身体を受け止める。柔らかな肉の重みと体温、枯れ草に似た香りが腕の中に移ってくる。吉行に抱かれたまま和子は、小さく洟《はな》をすすりあげた。男が微笑む。

「お嬢ちゃんは何が食べたいのかな」

「お大根」

「大根？　野菜の？」

「あのね、アゲが入っとるやつ。甘いの。お茄子《なす》も好き」

「えらいね。いろんな野菜が食べられるんだ」

「うん。お母ちゃんが、いっぱい食べなさいって言うの。お野菜、食べんと病気になるんじゃて。くみちゃんは、あんまり食べんの。あのね、それから玉子焼きも好き。くみちゃんも玉子焼き、好き」

吉行は和子を下ろした。このましゃべらせていてはボロが出るかもしれない。ともかく、休息の場所と時間を確保しなければ。

「こんな調子なので、何か食べさせてもらえるとありがたいんですが。簡単なもので構いません。お願いできませんか」

「かしこまりました。ご用意いたします。どうぞ」

男の後について、建物の中に入る。がらんとしたロビーに人影はなかった。都会の大手ホテルのような豪華な照明設備も内装もない。しかし、太い梁《はり》の剝《む》き出しになった天井や磨きこまれた木製の床は、それなりに趣があり、青磁の花瓶に活《い》けられた数本の笹百合《ゆり》の控えめな芳香も花姿も好ましかった。

よい宿なんだ。

ささやかな花の香りを嗅《か》ぎながら、思う。

よい宿なんだろう。そして、ずっと昔、おれたちはここに泊まったんだ。

「お手数でございますが、宿帳にご記入願えますか」

宿帳という名がふさわしい紐綴《ひもと》じの古風な帳面が差し出される。ペンを受け取り、吉行は数日前まで住んでいたマンションの住所と実名を記入した。一晩でいい。腹を満たし、湯に浸かり、眠る。一晩の猶予があればいい。それくらいは持つだろう。まだ手配は回るまい。それに……。吉行はカウンターの向こうから露骨にではなく朧《おぼろ》げでもなく、確かな視線で飛び込みの一見客を観察している男を見やった。いくら、偽名をつかっても、子連れのパパを装っても、この男はごまかされないだろう。手配書が回ればそれまでだ。だから、それまででいい。逮捕、逃亡、自殺。どれにしろ自壊までの残り時間はそう多くない。小細工してもしかたがない。

手の中でペンを半回転させ、少年に向ける。

「おまえも書くか？」

自分の名前を。

少年は顎《あご》を上げ、屈託のない若々しい笑顔をつくった。

「一人だけでいいんじゃないの」

男が宿帳に手を置く。

「みなさま、ご住所がご一緒なら、お一人でけっこうでございます」

「いや」

吉行は、ペンを少年に向けたまま、頭を振った。

「書きなさい」

少年は頷き、受け取った。ごく自然な動作。躊躇《ためら》いも戸惑いもなかった。ただ、微《かす》かに息を吸い込んだだけだった。

吉行明敬

少年の指が吉行の記したばかりの名前の上をすっと撫《な》でる。ぞくりと震えがきた。下腹部を這《は》い上《のぼ》り、胸を撫で上げ、耳朶《みみたぶ》を熱くする震え、淫《みだ》らな愛撫《あいぶ》のような快感だ。

少年がペンを持ち直す。もしかしたらと思った。

このペンで少年は名前を記す。

吉行信洋と。

信洋、信洋、信洋、もしかしたら、もしかしたら、もしかしたら……。

くらりと眩暈《めまい》がした。目を閉じる。右手が包まれた。和子が両手で吉行の手を摑《つか》んでいる。少し湿った温かな感触が伝わる。湿って、温かで、柔らかい。

「これは……失礼ですが何とお読みするのですか？」

「ハクトです」

「ハクトさま。よいお名前ですね」

「どうも」

吉行は首を伸ばし、宿帳を覗《のぞ》き込んだ。赤い罫線《けいせん》の中にやや角ばった筆跡で二文字、記されていた。

白兎《はくと》。

白い兎《うさぎ》……これが名前か。

「白兎は、このあたりでは神さまの遣いといわれておりますよ」

「因幡《いなば》の白兎の伝説がありますよね」

「あれは、毛を毟《むし》り取られてしまいますが」

男は歯を見せて笑い、神さまの遣いですと繰り返した。

二階の角部屋、二間続きになっている部屋に案内された。ころころと肥えて顔にも声にも態度にも愛嬌《あいきょう》のあふれている中年の仲居が、すぐに茶と菓子を運んできてくれた。和子が歓声をあげる。

「お饅頭《まんじゅう》だ。食べてええ?」

吉行は、餡《あん》のたっぷり入った薄皮の饅頭を二つに割った。

「食事の前だから、これだけにしときなさい」

和子が頷《うなず》き、半分の饅頭を両手に持ったまま胡坐《あぐら》になった吉行の膝《ひざ》の上に座る。

「優しいお父さんでよろしいなあ。ほんま、仲のよい親子さんで羨《うらや》ましいですわ。あっ、すぐ、お食事をお持ちしますからね。待っててね、お嬢ちゃん」

愛嬌を振りまいて、仲居が出ていく。和子は膝から下りない。

仲のよい親子さんか。奈々子が父親のこの格好を見たら何と言うだろう。奈々子を膝に抱き上げたことなどあっただろうか。

二つ並んだホクロ。

ねっ、もしかして生まれ変わりだったりしてね。

妻の弥生の声がよみがえる。楽し気に弾んでいた。安堵《あんど》の響きもあった。ごく普通の穏やかな暮らしを手に入れた。そんな暮らしがずっと続く。そう信じられる安堵だ。弥生は不安だったのだ。明敬と生きる日々に僅《わず》かな不安を抱いていた。

「あなたってまるで、孤児みたいね」

結婚してまだ数カ月のころ、弥生が生真面目な表情で呟《つぶや》いたことがある。呟いてから慌てて「ごめんなさい」と謝った。やはりおかしいほど堅苦しい口調だった。

そういう物言い、思考にどうしても寄ってしまう女だった。屈託なく笑ったり軽口を叩《たた》いたりすることが生来苦手であって、いつでも、どこでも、誰にでも生真面目にしか、頑《かたく》なにしか対応できない性分を本人も重荷と感じつつ、変えられずにきたようだ。吉行と交わっていてさえ、快楽や放恣《ほうし》、淫靡《いんび》や弛緩《しかん》とは無縁の硬い表情を張り付けたままだった。

それでも子を孕《はら》み、子を産む。弥生から妊娠を告げられたときざわついた心が、数カ月後に胎児が女だとわかった瞬間、きれいに凪《な》いだ。生まれてくる我が子が女の子なら、心置きなく愛せる気がした。兄の幻影から逃れられる気がした。

奈々子は春の盛りに生まれた。風が満開の桜を散らし始めるころだ。

母は初孫の祝いに宮参りの晴れ着を送ってきた。和裁の腕を持つ母が自ら縫った桜と菜の花の刺繍《ししゅう》のある華やかな着物は、弥生をいたく喜ばせた。ベビーベッドで眠る奈々子に着物を被《かぶ》せ、幾枚もの写真を撮り、遠く離れた地に住む義父母に送った。

それを受け取った日、母は電話をかけてきた。丁重に礼を述べた後、とてもかわいい、聡明《そうめい》そうな子だと何度も繰り返したと、帰宅したばかりの吉行に弥生は報《しら》せた。

「お義母《かあ》さん、本当に嬉《うれ》しそうだったわ。可愛い、可愛いって」

「そうか……」

ネクタイを解《ほど》き、襟元を緩める。母の嬉し気な顔がどうしても浮かんでこない。

「あなたのお兄さんに似ているんですって」

ワイシャツのボタンを外していた手が止まる。指先が震えた。弥生は気が付かない。背広をハンガーに掛けながら、しゃべり続ける。

「あなたの亡くなったお兄さんに似ているって、お義母さんが言ったのよ。顔立ちだけじゃなくて、ほら、奈々子、左の耳朶《みみたぶ》に二つ並んでホクロがあるでしょ。それが、お兄さんと同じなんですって。お義母さんもびっくりしたって。こんなことあるのかしらね。何だか不思議よねえ」

弥生は珍しく軽い笑い声をあげる。夫の沈黙を訝《いぶか》しみもしていない。

「ね、もしかして生まれ変わりだったりしてね」

弥生の頬を叩いていた。手加減せずに打っていた。

弥生は悲鳴もあげず床に転がり、何が起こったか理解できない虚《うつ》ろな瞳《ひとみ》を天井に向けていた。

奈々子が泣き出す。

妻への最初の暴力だった。

奈々子が七歳になって間もなく、離婚は成立した。その七年間に、どれだけ抱き上げてやっただろう。笑顔を見せてやっただろう。我が子の成長より、耳朶に並んだホクロに目がいった。いった目をすぐに背けた。見ないようにした。いない者のように扱った。「あんまりだわ。あんまりにも奈々子がかわいそうよ。あの子が何をしたって言うの」。離婚届を握り、身体を震わせた弥生の眼差《まなざ》しは哀しみより、不安より、怒りと憎しみに溢《あふ》れていた。

そうだ、弥生の言う通りだ。奈々子に何の罪があった。親を選んで生まれてくることなど誰にもできはしない。

不運だったな奈々子。娘を愛せない父親をもつなんて、不運だった。おまえは、スタートラインから自分ではどうにもならない荷を背負わされてしまった。何一つ、罪など犯してないのにな。

吉行は顔を上げ、窓際に座る少年を呼んだ。

「白兎」

外を眺めていた視線が、室内に戻る。

「本名か？」

「ええ、まぁ」

「いい加減だな」

「自分の名前が本名かどうかなんて考えたことないので」

「考えるようなことじゃないだろう」

「そうですか……でも」

少年の、白兎の視線が、また外に移っていく。

「でも、何だ？」

「名前にこだわり続けているのは」

ふつりと言葉を切って、白兎は口元を少し歪《ゆが》めた。笑うでもなく泣くでもない、怒りや戸惑いではむろんない、奇妙な表情を作る。吉行は、自分の頬を手のひらで撫《な》で上げてみる。乾いた皮膚とざらりとした無精ヒゲの感触がした。

「名前にこだわり続けているのは、むしろ、おれのほうだ。そう言いたいのか」

その言葉がスイッチだったかのように、身体が小刻みに震える。膝の上の和子が訝しげに見上げてくる。

名前にこだわり続けてきた、こだわり続けている。そうか、それは、おれのことか。

息を吸い込む。頭痛がする。唇を舐《な》めてみる。

「白兎……神の遣いだそうじゃないか」

「このあたりでは。他の所なら、ただの白い兎でしょう」

「誰がつけた？」

「さぁ」

「どこで会った？」

「誰とです」

「おれとだ。以前、どこかで会ってるな」

「さあ」

ガタッ。窓ガラスが鳴った。風が出てきたらしい。夜の風が、窓を鳴かせて通り過ぎる。その風を追うかのように、白兎は指先を空に動かした。

「いくつだ？」

「年ですか？」

「そうだ、いくつだ？　高校生か？　まさか、中学生じゃないだろう」

「いくつに見えます」

「おれが質問してるんだ。いくつだ？　なぜ、あんな場所にいた？　どこから来たんだ？　この子と血縁でないなら、何のために、どんな理由で尾谷まで行くんだ？」

「質問責めですね」

年齢、出身地、社会的立場、目的、そして名前。具体的なものを一つでも多くこの少年に嵌《は》め込まなければならない。そうすることで、ごく普通の平凡な少年が立ち現れる。闇の中からわき出た得体の知れない者ではなく、『少年』とか『若者』とか呼ばれる一般的な認識の範疇《はんちゅう》にちゃんと収まる人間が現れる。

「答えろ」

自分の語気の荒さに煽《あお》られてか、感情が昂《たかぶ》る。

「答えないなら、この子を連れて出ていけ。おれは、おまえたちを拾ってやったんだ。拾ってここまで連れてきてやった」

「わかってます」

「わかっているなら、答えろ」

昂った感情のままに、身体を動かす。和子が膝《ひざ》から転げ、畳の上にしりもちをついた。白兎の胸倉を摑《つか》む。

「おまえは、何者だ。本当のことを言え」

「やだ！」

和子が腕にむしゃぶりついてきた。

「やだ！　やめて！　お母ちゃんを叩《たた》かんといて」

「お母ちゃん？」

気勢を削《そ》がれ、吉行は手を放す。和子は、まだしがみついたままだ。吉行を見つめ、ひくっと一つしゃくりあげた。あふれる寸前のコップの水に似て、涙が眼球の上で張り詰めている。

「お願い、叩かんといて」

「お母ちゃんて何だ？」

「お父ちゃんが叩くの。やめてって言うても、お母ちゃんのこと叩くの。血が出るぐらい……叩くの」

白兎の手が伸びて、和子の頭を撫でた。

「父親が母親のことを殴るんですよ。ほとんど毎日。それをずっと見てたから、今みたいな場面に過剰に反応するんです。全部、母親が暴力を振るわれているように思えるみたいで」

白兎が説明する。風に鳴るガラスのような無機質な声だ。

「今騒がれているＤＶってやつか」

「呼び方なんて、どうでもいいけど」

騒がれたり注目されたりするずっと以前から暴力にさらされてきた者は、大勢いた。和子の母親もそんなうちの一人なのだろう。

殴る男、殴られる女。暴力を振るう父親、耐える母親。怒声、悲鳴、泣き声、喚《わめ》き声、茶碗《ちゃわん》の割れる音、低い呻《うめ》き、内出血の痕《あと》、黒い痣《あざ》、澱《よど》んだ空気、通わぬ心。典型的な不幸の図式。

おまえさえいなかったら、こんな家、すぐに出ていけるのに。この不幸の図式から抜け出せるのに……おまえさえいなかったら。

「そんな家に、この子を帰すのか」

そう口にしたとたん、閃《ひらめ》くものがあった。

「この子、施設から逃げてきたんじゃないだろうな」

よくある話だ。崩壊した、あるいは崩壊寸前の家庭、養育不可能な家庭から一時的に子どもを預かる施設、そこに預けられた子が、逃げる。人にも帰巣本能があるのかどうか、ともかく、子どもは親のいる場所を目指してひたすら歩く。そうだ、よくある話じゃないか。少年も共に逃げたのかもしれない。あるいは、他の思惑があって同行したのかもしれない。共に逃げ、道に迷い、途方に暮れていたときに奇跡のように自動車のヘッドライトが近づいてきた。車を止める。強引にでも乗り込む。しかし、真実は言えない。言えば連絡され、連れ戻される可能性が高い。だから、黙っている。

曖昧《あいまい》にごまかそうとする。白兎などという名前も、むろん偽名だ。

ほっと息をつく。二人に出会って初めて、納得できる説明を摑んだと思った。不思議などどこにもない。この少年は演じているだけだ。さも何かありそうな、謎めいた雰囲気を演出しているだけだ。

「お家《うち》に帰るの」

和子がぺたんと座り込んだ。青い朝顔模様のスカートを引っ張る。何度も水をくぐってきたのか、花弁の色がかなり褪《あ》せていた。和子の帰ろうとする場所は、決して豊かではないだろう。尾谷という谷間《たにあい》の村の貧しい家。僻地《へきち》と貧困と暴力。大都会の雑踏にいれば、幻の珍獣に近く、そんなものがまだこの国にあるのかと瞠目《どうもく》されそうな言葉たちだ。

僻地とも貧困とも暴力ともまるで無縁に見える人々が、浮かれた調子で動きながら日々を消費している都市がある。そこでは誰もが幸福だなどと、幸福になれるなどと、三歳の幼児でさえ信じていない。しかし、マシかもしれない。和子が帰りたいと望む場所より、自分と血の繫《つな》がった父親の振り上げた拳《こぶし》や、自分を孕《はら》み、産み落とした母親の許しを請う声がないだけ、マシかもしれない。

「おまえは、本当にこの子を」

自兎を凝視したまま、和子に向け顎《あご》をしゃくる。

「家まで送り届けるつもりか？」

「ええ」

「それが、この子のためになると思うのか？」

「ためになるって、どういうことですか？」

「親父がおふくろを殴るんだろ。そんな家に帰って、この子が幸せになれるのかって、そういうことだ」

「幸せ……さあ、それは」

白兎は、幸せという言葉を初めて耳にしたように眉《まゆ》を寄せ、当惑にも見える表情を浮かべた。

「それはどうなんだろう。あまり関係ないかもしれない」

「関係ないってことがあるもんか。おまえは、この子よりずっと年上で、この子は、おまえを頼っている。だとしたら責任があるはずだ。もしおまえが、尾谷に帰ったら、この子が不幸になるとわかっているのなら、そんな所に連れていくことはない」

「和子が帰りたがっているんです。どうしても、帰りたいって……。しかたないんです。これが役目だから」

「役目？」

「ええ」

何の役目だとさらに問う言葉を吉行は呑《の》み込んだ。そのとき、仲居が夕餉《ゆうげ》の膳《ぜん》を運んできたからだけではなく、白兎との会話が微妙にずれていると感じたからだ。微妙なずれ、微妙な齟齬《そご》、何かが違う。どこか違《たが》えている。

吉行は瞬《まばた》きし、唾液《だえき》を飲み込み、眼前の少年を見つめる。

ごく普通の平凡な少年。そこに力ずくでこいつを嵌《は》め込もうとしても無駄なのか。すでに、そこから間違っているのか。そうだ、間違っている。そんなこと、わかっている。わかっていた。

胸の中が波立つ。感情が漣《さざなみ》になる。落ち着かない。

何者だ。おまえは何者だ。どこから来た。なぜ、そんな鉱物のような目をしている。おれをどこに連れていこうとしている。

「お待たせいたしました」

仲居の陽気な声がする。その声に現《うつつ》に引き戻される。

「急なことでしたので、お食事の品数が少ないんですよ。申し訳ないですねえ。お飲み物はビールとジュースでよかったですか」

語尾を鼻にかける女の物言いには、とろりと甘い色気があった。薄青の着物の襟からむっちりと肉のついた頸《くび》が覗《のぞ》く。深い皺《しわ》が一本、タトゥのように刻み込まれている。

「玉子焼きだ!」

和子が歓声をあげた。笑顔になる。

天ぷら、刺身、焼き物、煮付け。急ごしらえだろう膳は、しかし、どれも温かなものはほっこりと温かく、冷たいものはかちりと冷たく、味も上々だった。板前の腕と気骨を感じる品々だ。

「板長から、これが精一杯ですので、お許しくださいとのことです」

「充分ですよ。期待以上です」

顎を引き、皺をさらに深くさせて、仲居が微笑む。

「ありがとうございます。ごゆっくりどうぞ。後でデザートをお持ちしますから」

薄青の後ろ姿が引き戸の向こうに消えたとたん、和子がほっと息を吐いた。充足の吐息らしい。

「美味《おい》しい」

頬に飯粒をつけ、本当に満ち足りた笑みを浮かべている。こんなに楽しそうに食事をする子どもを見るのは、久し振りだ。吉行自身、食事を美味《うま》いと感じたのは久々のことだった。仕事が多忙を極めた時期、食事に費やす時間さえ惜しまれた。だらだらと食するやつも、食事を愉《たの》しみ無節操に肥えていく者も嫌いだった。信用できないと思った。

酒は飲む。女とも寝る。しかし、食事を享楽の対象にはしない。弥生は、親子三人で囲む食卓を望んだが、仕事を優先させることで妻のささやかな願望を無視してきた。食事の場を家族の愛だの優しさだの絆《きずな》だのを確認する場に変えるなんて、耐えられなかった。虫酸《むしず》が走る。

「なんで結婚なんかしたのよ」

離婚の話が条件面も含め、ほぼ片付いたとき、弥生が問うてきた。

「あなたは、家族なんてちっとも望んでないくせに……。家族揃って食事をするのさえ、嫌でたまらなかったくせに、なんで、わたしと結婚なんかしたの……。自分の娘も、満足に愛せない人が結婚なんかしちゃあいけなかったのよ」

暗い眼の縁に涙を滲《にじ》ませ、声を詰まらせる。

真っ当な女だったな。

真っ当に男を愛し、真っ当に幸せになろうとあがいていた。

真っ当で、正直で、一途で、愚かだった。出会ったとき、愛せるような気がしたのだ。愛せなかったな、最後まで。

カチャン。和子の伸ばした手にあたって、ビールのグラスが倒れる。和子の身体が硬直する。

「ごめんなさい」

眼の中を怯《おび》えがよぎる。自らを庇《かば》うように両手を交差させ自らの肩を抱く。どくんと鼓動が耳に響いた。

この仕草、この怯え、この眼差《まなざ》し……あの女と似ている。路上で声をかけられ、場末のホテルの一室に同行し、もつれあってベッドに倒れ込み、縊《くび》り、放置した女。白い頸の女に。

吉行はグラスを起こし、テーブルの上に零《こぼ》れたビールを拭《ふ》いた。指先が意志に反して震える。息を吸い、先ほどの笑みを跡形もなく消したまま俯《うつむ》いている和子に言う。

「おれは殴らない」

和子が顔を上げる。小さな桃色の唇にも飯粒がついていた。

「ほんと？」

「ああ。だから、そんなに怖がらなくてもいい」

「ありがとう」

「食べなさい。せっかくのご馳走《ちそう》だ。残さず食べなさい」

優しい言葉だ。優しい口調だ。まるで慈悲深い聖職者のような言い方だ。人を殺《あや》めた人間でも、優しい言葉を操ることはできるらしい。

グラスにビールを注《つ》ぎ足し、白兎に目をやる。料理にほとんど手をつけていない。

「食わないのか？」

「ええ」

「少食なのか？　それとも、どこか具合が悪いのか」

「いや……」

「食わないなら、飲め」

ビールを差し出す。ごく自然な動作で、白兎はグラスに酒を受けた。迷いなく口に運び、飲み干す。吉行の眼前で滑らかな喉《のど》の一部が上下する。

「おまえさん、どうもはっきりしない子だな」

「そうですか」

「さっき役目だと言ったよな」

「ええ」

「この子を送り届けることが役目なのか」

「ええ」

問うても詮《せん》無いとわかっているのに、問うてしまう。この少年の前で黙していることに耐えられない。

「その後はどうする？」

「後ですか……」

「そうだ。役目が終わったらどうする？」

「雷鳴が」

「何だって？」

「雷鳴が聞こえませんか？」

山間《やまあい》の町に相応《ふさわ》しく、窓の外は漆黒に塗り込められていた。黒い帳《とばり》の向こうから伝わる音をとらえようとするのか、白兎が耳をそばだてる。吉行も意識を外に向ける。何も聞こえない。闇。存在するのはそれだけだった。

「ごまかすな」

「ごまかしてなんかいないです」

「どうだっていいだろう、雷が鳴ろうが、雨が降ろうが」

「台風のせいで、このあたりはずっと雨が降ってた」

「それがどうした」

「地盤が緩くなっている。尾谷への道で土砂崩れがなければいいけど」

関係ないね、そんなこと。

心の中で冷ややかに笑ってみる。

道が不通になるならそれもいい。ここにいれば済む話だ。誰かがおれのことを殺人犯だと見抜くまで、通報されるまで、捕縛されるまで、死ぬまでここにいるのも悪くはない。

吉行は、少年の陶器にも見える喉を凝視する。

なんなら付き合うか、白兎。連れていってやってもいい。せっかく奇妙な出会いをしたんだ、あの世とやらまで同行してみるか。

「時間がないので」

白兎が呟《つぶや》く。

「時間?」

「時間制限《タイムリミット》」

「何の時間制限だ?」

白兎の視線が、空になったグラスに注がれる。何の変哲もないガラス製のコップは白濁色の泡を内側につけたまま、少年の手の中でくるりと回った。

「もう一杯、いくか?」

「いや、もういいです」

「未成年だから、遠慮してるってわけか?」

「いえ」

ふいに白兎が笑った。さっきフロントで見せたものと同じ屈託のない笑顔だ。悪意も敵意もない。嘲笑《ちょうしょう》でも苦笑でもなかった。ほんの少し眼を細め、口角を上げたにすぎない。ごく普通の他意のない笑み。なのに、吉行は戸惑いを覚えた。笑うとは思わなかったのだ。フロントでの笑顔は作り笑いだったろう。しかし、この笑みは違う。自分に向けられた笑顔に、吉行は戸惑っていた。戸惑う理由がわからず、コップの中のアルコール飲料を一気に飲み下す。

「玉子焼き、もっと食べたい」

和子が、空になった皿を箸《はし》の先でつつく。吉行と白兎はほとんど同時に、自分の皿を差し出した。

「二つとも食べてええん?」

和子は喜びというより驚きの表情になって、二人の間に視線をうろつかせた。

「いいさ、ビールに玉子焼きは合わないんだ」

グラスにビールを注ぎ、半ば強引に白兎のグラスも満たす。

「それで?」

「はい?」

「今、笑っただろう。何がおかしいんだ?」

「ああ、それは……」

雷鳴が轟《とどろ》いた。遠くではあるけれど、はっきりと耳に届いた。天からの音なのに、地を這《は》って下半身に響いてくる。

「吉行さんて次々質問するわりに、答えなんて望んでるわけじゃないんだなって思って。それって……」

「何だ？」

「昔から……ですよね。きっと」

答えなんて望んでいない？　そうだろうか？　そうだろうか？　そうだろうか？　もしそうなら、いつから答えを望まなくなったのだろう。

鉱物に似た眼が見つめている。光を弾《はじ》くのではなく、吸い込んでしまう眼だ。だとしたらこの少年の内には、光をのみ込む巨大な空間があるのだろうと思い、そんな子どもじみた思いがおかしくなる。声をあげて笑いたいけれど、喉の奥に遮蔽《しゃへい》物があるかのように、笑いは堰《せき》き止められ、消えていくのだ。

答えを望んではいけない疑問がある。知ってはいけない答えがある。問うてはならない問いがある。

お兄ちゃんは、どうして十一歳で死んだの？
なんのために死んだの？
おれは、本当に明敬なのか？
なんで、おれは、あの女を殺さねばならなかった？

ビールが、うまく喉を通らない。笑いもビールも引っかかる。

どうなってんだ、まったく。

雷鳴が近づいてくる。心なしか、空気が湿り気を帯びてきた。吉行は黙ってビールを身体の奥に流し込んだ。無理やりにだ。白兎も無言のまま、箸を動かし始める。

「お兄ちゃん、かこのもあげる」

和子が白和《しらあ》えの小鉢を押しやる。

白兎が何かを言う前に、吉行は小鉢を和子の前に置き直した。

「玉子焼きだけじゃだめだ。白和えも魚も、ちゃんと食べなさい」

「だって、玉子焼き、いっぱい食べたが」

「だから、好きなものだけ食べてちゃだめだろう。ほら、さっきここのおじさんに、野菜も食べるって言っただろ」

「大根とお茄子《なす》……甘いやつ」

「白和え、食べたことないのか？」

「ない。甘い大根とお茄子だけ」

「じゃ、食べてみなさい。おいしいぞ。食べてみて嫌なら残していいから」

和子は目を瞬《しばたた》かせ、素直に頷《うなず》いた。ぱくりと口を開けて、白和えを放り込む。愛らしい動作だった。愛らしいと感じた。自然と微笑んでいた。

「どうだ?」

「おいしい。かこ、えっと……これ」

「白和え」

「うん、白和え。かこね、白和え全部、食べられる」

「そうだろ。玉子焼きの他にも、おいしいものがいっぱいあるんだぞ。これから、いろんなものを食べて大きくならなきゃな」

「大きくなる?」

和子は白和えを飲み込み、首を傾げた。

「大きくなるって、どんなこと?」

「そりゃあ……大人になることじゃないか」

和子はまだ首を傾げている。吉行の言葉が理解できないらしい。途方にくれた眼差《まなざ》しを白兎に向ける。

「お兄ちゃん、かこ、大人になる?」

白兎の箸が止まる。視線が外の闇に注がれる。一筋の雷光が走った。

「お兄ちゃん、かこ、白和えいっぱい食べるけん、大人になれる?」

白兎は答えない。束の間、光が裂いた闇を見つめたままだ。

「ちゃんと、答えてやれ」

吉行は、その態度に苛立《いらだ》ち、声を荒らげた。

「こんな小さな子が聞いてんだろ。なんで、ちゃんと答えてやらないんだ。別に黙ってるようなことじゃないだろうが」

ガチャンと音がした。卓上の食器が揺れたのだ。空のグラスが倒れ、刺身を盛った皿にぶつかった。

自分がかなりの力で料理の並んだ卓を叩《たた》いていたと気がつき、吉行は驚いた。

何を感情的になってるんだ。たかが赤の他人の、明日《あした》には別れるガキたちじゃないか。おれには何の関係もない。

「吉行さんは、どうでした？」

瑪瑙《めのう》を思わせる光沢のある眼が、真っすぐに吉行を凝視していた。なんだか、身体の力が抜けてくる。喉《のど》の奥が鈍く痛む。

「何がどうだって？」

「大人になりたいと思いましたか？」

白兎の腕がふわりと動き、和子を引き寄せ膝《ひざ》にのせる。

「ああ……思っていた。ずっと、思ってたさ」

思っていた。一日でも、一時間でも、一分でも早く大人になりたかった。自分の力だけで生きていけるようになりたかった。吉行明敬という人間に貼り付き、伸《の》し掛かってくるもの全部を捨てたかった。それが自由になるということだ。大人になることは自由になること。蘇生《そせい》すること。頑《かたく》なにそう信じていた時期があった。

どれもこれも、的外れの夢想だったたな。現実に擦り傷一つ残せない脆弱《ぜいじゃく》な剣、ただの思い込みに過ぎなかった。

年を経て、駆け引きを覚え、金を稼ぎ、女の肉体も知って、子どもを作り、人まで殺した。もう夢など見ない。自由も蘇生も、絵空事だと知っている。

りっぱな大人じゃないか。

なんだか笑い出したくなった。口を開け、瞬《まばた》きもせず、けたけたと呆《ほう》けた笑いを空中に吐き出したい。

「おまえぐらいの年のとき、おれは、大人になりたくてしかたなかった。あと何年、あと少しって、時間を数えてばかりいたな」

「ええ……」

「おまえは、そんなことないのか?」

「ええ」

「考えたことないのか?」

「ないです」

「一度も?」

「一度も」

「けど、具体的に将来の目標とかはあるだろう？　ほら、卒業のときなんか強制的に書かされるじゃないか。将来は何になりたいとか、こんな仕事がしたいとか」

和子が白兎の膝から身体を滑らせ、吉行の膝に座った。後頭部がちょうど肩のあたりにくる。髪の匂いをかぐ。日に干した布団のような乾いた匂いだった。

「かこね、着物を作るんで」

「着物？　ああ、和裁のことか。着物を縫うんだな」

「そう、お母ちゃんな、花嫁さんの着物でも縫えるんで。かこにも教えてあげるて言うてた。そしたら、かこが、くみちゃんに教えてあげるんで」

「そうか。じゃ、かこは、着物を縫う人になるんだな」

「うん」

和子が頷く。吉行は息を詰めた。頷いた和子の首筋に、赤い輪が見えた気がした。

何だ？

後ろから、ブラウスの襟と首の付け根の間を覗《のぞ》き込んでみる。

鬱血《うっけつ》の痕《あと》、赤い縄痕《じょうこん》……詰めた息を吐き出せない。絞り出した声は掠《かす》れているくせに、妙に甲高い。

「どうした、これは？」

和子が振り返り、怪訝《けげん》そうに吉行を見上げる。

「この傷は、何だ」

口の中が瞬く間に渇いていく。

「この傷は、まるで……」

白兎が立ち上がり、和子の手を引っ張った。和子も立ち上がる。何のためらいもなく、少年の指が幼い少女のブラウスをめくる。小さな背中が、ほぼ剝《む》き出しになった。

「うっ……」

吉行は顎《あご》を引き、小さく呻《うめ》いた。言葉が何一つ、浮かんでこなかった。

白くきめ細かい肌の上に、無数の赤い線が交差していた。蚯蚓《みみず》腫《ば》れになったものも、色が落ち着いて治りかけたものもある。明らかに、長期にわたってつけられたものだ。

息を吸い込み、胸を膨らませ、気管の奥へと空気を押しやる。

「父親の、仕業か……」

「いえ、母親です」

白兎はブラウスを直し、和子を吉行の膝に戻した。

「母親が殴るのか？」

「殴るというか、打つんです。竹の物差しで」

竹の物差し。昔、家にもあった。そういえば、母も物差しを使って布の丈を測ったりしていた。細長くてしなやかな計測道具だ。なるほど、折檻《せっかん》の道具にもなるのか。

「母親も、暴力をふるっていた。虐待ってわけか」

「我慢できなくなったときだけでしょ」

「え?」

「自分の境遇に耐えられなくなったときだけ、どうしようもない感情のはけ口を娘に向けてしまう。でも……」

「でも?」

「いつもは、とても優しいそうです。叩いた後は特に」

「感情のままに子どもを折檻してしまったら、さぞかし後味が悪いだろうな。それを消すために優しくする。ずいぶん、手前勝手な話だな」

そんな優しさに何の意味がある。自分の罪を自分にごまかすためだけの優しさと無慈悲な折檻と、どれほどの違いもないはずだ。

ずくずくと胸の内側が疼《うず》く。和子の母親と、ここからそう遠くない町に住む母の姿が重なる。似ている。とても似ている。不幸で、不運で、愚かで、身勝手で、脆《もろ》い。

「お風呂《ふろ》、入りたい」

和子が吉行の膝の上で目をこすった。

「早《はよ》うお風呂入りたい。なあ、お風呂行こう」

和子の言葉は、白兎ではなく吉行に向けられていた。白兎が頭を下げる。

「お願いします」

「おれに、この子を風呂に入れろって？」

「嫌でなければ」

「別にかまわないが。じゃ、おまえも入るか？　どうせ、他に客なんていないみたいだしな。貸し切りだ」

「いや、おれはいいです」

「なんで？　別に、おれは、男の裸を見て興奮するような趣味はないからな。用心しなくていいぞ」

そんなに飲んだわけでもないのに、アルコールが脳まで達している。酔って下卑た冗談を口にしている。

つまらん男だ、おれも。幼い娘を物差しで打つ母親、幼い娘を愛せなかった父親、どちらも価値のない生き物じゃないか。

パパ、バイバイ。もう会えないね。

奈々子は暗い目つきなどしていなかった。涙を零《こぼ》すまいと唇を噛《か》み締めていただけだ。

パパ、バイバイ。もう会えな——。

雷鳴だ。風を呼んできた。ガラスがかたかたと鳴る。金色の蛇を思わせて、雷光が一閃《いっせん》、闇に浮かび上がった。

## 三　漆黒

ロビーには人影はなかった。フロントの奥で、電話の呼び出し音が鳴っている。

りいんりいんりいん……。

今時珍しい、旧式の柔らかな音だ。庭で鳴く虫の声と違和感なく融《と》け合っている。

人の動く気配がして、音は途切れた。

「もしもし、はい、ゆと屋旅館でござい……おう、何じゃ、こんな時間に……うん、まあ、おかげさんでなあ」

さっきの男だろう。商売用の慇懃《いんぎん》な物言いが、途中でくらりとくだけた訛《なま》りの強いものに変わる。

りいんりいんりいん。似たような音を聞いたのは、都心に向かう電車の中だった。携帯の着信音。受け手はまだ若い、服装も容貌《ようぼう》も二十歳以上には思えない男だった。顎の先に少女の陰毛を連想させるほわほわとしたヒゲをたくわえ、バンダナの上に野球帽をかぶっていた。その若さと単純で古臭い着信音がまるでそぐわず、座席に腰掛けていた吉行は、ほんの数秒、若者に視線を留めてしまった。だから、携帯電話を耳にあてた瞬間、若者の顔にはりついた、困惑と切なさの混じったような表情を見た。それは、やはり、若者の出立《いでたち》にも雰囲気にも、馴染《なじ》まないものだ。少なくとも、吉行はそんなふうに感じた。一言も受け答えをせず、携帯をしまった若者の耳に、片手に収まるほどの小さな青いモバイルは何を伝えたのか。

次の駅で若者が降車したころには綺麗《きれい》に忘れ去っていた疑問が、ふっとよみがえる。

なんで、あんな一こまを覚えているんだ。

どうでもいいような、手繰るのさえ馬鹿馬鹿しい記憶を人は案外多く、抱え込んで生きるものらしい。

和子の手を引いて、浴室と矢印のある方向に歩いていく。フロントの奥で、男はしゃべり続けていた。

階段を下りていくと、湯殿と染め抜いた藍色《あいいろ》の長暖簾《のれん》が目についた。女湯は薄紫の暖簾だ。

ここだ。遠い日、兄や父とこの浴室で湯に浸《つ》かった。覚えているだろうか。

籐《とう》の敷物の上にやはり籐製の籠《かご》が、並べられている。ロッカーの前で、扇風機が回り、空気を攪拌《かくはん》していた。

和子が脱いだ服を丁寧に畳み、籠の中に入れる。

て、どっかにいってしまっとるんで」

「ちゃんと畳んどかんとな、服が逃げてしまうん。お風呂から上がったら、服が逃げて、どっかにいってしまっとるんで」

「お母さんが、そう言ったのか」

「うん」

「いい子だな」

和子は白い歯を見せて笑い、下着まできちんと四つに畳んだ。脱ぎ散らすのも気が引けて、吉行も適当にではあるが、衣服を畳んで籠に収めた。そして、湯気に煙る浴室に足を踏み入れた。

浴室が広いんです。

白兎の言葉どおり浴室は広く、中に三つの浴槽と外に露天風呂《ろてんぶろ》が一つ、設置されていた。濁りのない澄んだ湯が、こぽこぽと音をたて、岩場を模した壁の間から湧き出ている。胃腸疾患と皮膚病に効能があるといわれ、古く湯治場として栄えた湯戸の町を支えてきた湯は、皮膚の上をさらさらと流れ、身体の芯《しん》に温かさを伝えてくる。首まで湯に浸かった和子が、手のひらで湯の表面を軽く叩《たた》く。

何一つ、浮かび上がってこなかった。遠い日の記憶は、手繰り寄せるためのロープさえ、とうに朽ちていたらしい。

何も覚えていない。何も残っていない。

吉行は和子より深く、顎《あご》が浸かるほど深く身体を沈め、瞼《まぶた》を閉じた。

何を思い出そうとしている。思い出してどうなる。おれは、ただ……休みたいだけだ。それだけしか望んでいない。今さら、望むものなどあるものか。ああ、いい湯だ。とろりとろりと身体が溶けていくような心地よさだ。

パチャパチャと湯を叩く音が止まった。

目を開ける。黒いクラゲが浮いていた。それが和子の頭髪だと気づき、吉行は声にならない悲鳴をあげていた。

「かこ！」

両手を伸ばし、引き上げる。幼い少女の裸体を透明な湯が包み込むように流れていく。

和子がぱかりと口を開き、頭を左右に振った。水滴が飛び散る。

「何やってんだ、まったく」

「潜りっこ。でも、苦しい」

「当たり前だ。プールじゃあるまいし。風呂は潜ったりするとこじゃない。ほら、おとなしく、ちゃんと浸かって」

和子がはーいと手を挙げる。首の付け根の痕《あと》が赤みを帯びて、吉行の眼前にあった。どう見ても、縄痕《じょうこん》だ。物差しなんかの痕じゃない。

めていた。

「ここのな、ここの赤いの、どうしたんだ？」

指の先で赤い痕をすっと撫《な》でる。和子は髪の毛から雫《しずく》を滴らせたまま、吉行を見つ
「はい」

「かこ」

「ここも、お母さんがやったのか？」

「お母ちゃんじゃない」

「じゃあ、お父さん？」

「ちがう。えーっとな、えっと……よくわかんない」

「誰がやったか、覚えてないのか？」

「うん。よう、わからん。わからんでもええって、お兄ちゃんが言うた」

「白兎が？」

「うん、あのな。目が覚めたとき、ここがちょっと痛かったん。なんで痛いんか、ようわからんて言うたら、お兄ちゃんが、それでいいよって、ここんとこを撫でてくれたん。そしたら、痛《いと》うのうなった。今は、ちっとも痛うないよ」

どういうことだ？

和子はもう一度、頭を振ってから、外のお風呂《ふろ》に行こうよと吉行を誘った。

露天風呂は、竹に囲まれた瓢簞形《ひょうたん》の岩風呂になっていた。思いの外、風が強く、梢《こずえ》の先が撓《しな》りざわめいている。笹の葉が一枚浮かんで、風の作る漣《さざなみ》に揺れている。

吉行と和子が、ほぼ同時に足を浸けたとき、湯の面が金色に変わった。漣の先が鈍く光り、暗く塗りこめられていた竹林に明かりが差し込む。虫の声が一際、大きくなった。

「お月さま！」

和子が天を指す。二人の頭上に月があった。満月というには、わずかに欠けた月は、それでも皓々《こうこう》と地を照らし、光で包もうとする。分厚い雲の切れ間から降り注いでくる月光は、奇跡のように美しかった。雲が押し寄せ月を隠し、雷鳴が轟《とどろ》くまでの数秒、吉行は膝《ひざ》から下を湯に浸けたまま、空を仰ぎ見ていた。

「あっ」

和子が小さく叫んで、竹林の奥を窺《うかが》う。

「どうした？」

「さっきのおじいちゃんが、おったよ」

「さっきのおじいちゃん？」

「うん。誰かを呼んでるみたい」

「竹林の中でか」

再び闇の塊になった竹林の中には、人間どころか、虫より他に生きているものの気配は伝わってこない。

ぼつっ。頬に雨粒があたる。湯の面に、小さな波紋が広がる。

和子は少し、精神を病んでいるのかもしれない。赤い傷痕がグロテスクな模様とも見える背中から、吉行は目を逸《そ》らした。

病んでいる。それは、おれも同じか。和子より病根は深い。エリートサラリーマンの顔の裏でギャンブルとドラッグに溺《おぼ》れ、横領犯として姿をくらました津雲も、直属の部下として責任を糾弾され、会社から弊履のごとく捨てられた夜、白い肌の街娼《がいしょう》を縊《くび》ってしまったおれも、杜撰《ずさん》な経営実態が露《あらわ》になることを恐れ、数億の横領を揉《も》み消そうと躍起になっている会社組織も、生者と死者を取り違え続けるおふくろも、十一歳で逝った兄も、みんな病んでいる。みんなどこか、崩れている。

「かこ、もう中に入って身体を洗おう」

「うん。かこね、背中洗《あろ》うてあげる」

「よし、じゃあ髪を洗ってやろう。泡をいっぱいたててな」

「あわあわ。シャボン玉だ」

女を殺した数日後、行きずりの少女と寂れた温泉町の旅館で親子の真似事をしている自分が、いちばん救いようがないのかもしれない。そう思いもするけれど、数時間前までは存在すら知らなかった笹山和子に対して、円《まろ》やかな感情が生まれていることは確かだ。逃走に役立つという利己的な計算でなく、憐憫《れんびん》の情でなく、性欲でなく、慈しみに近いものが、確かにあるのだ。

無防備な甘えや、温かな体温や、背中の傷痕や、不意に綻《ほころ》ぶ笑顔。この少女を形成している一つ一つが、妙に心に沁《し》みてしまう。沁みて潤い、吉行から殺人の記憶を曖《あい》昧《まい》にする。

もしかしたら、おれは生きていていいんじゃないのか。

和子の髪を泡だらけにしながら、泡沫《ほうまつ》そのものの思いが過《よぎ》ったりする。わかっている。戻れは、しない。

「楽しいね」

和子が笑い、ぺっと唾《つば》を吐き出した。

「しゃべるから口の中にシャンプーが入るんだ。黙ってろ」

「はーい。あっ、また……」

「ほら、目も口も閉じて。お湯をかけるぞ」

足の下を流れていく白い泡を目で追って、吉行は奈々子のことを考えていた。

風呂場から出たとき、外はかなりの雨になっていた。激しい雷雨だ。音が炸裂《さくれつ》し、電灯の明かりが瞬く。吉行の手の中で、和子の手が震えていた。

「怖いのか」

「雷さま、落ちる？」

「ここには落ちない。家の中なら大丈夫だ」

「ほんま？」

「ほんとさ」

吉行の手を握り直し、和子は小さな声で歌いだした。

べっこん　べっこん　かみなり　べっこん
遠くのお山に行っとくれ
箪笥《たんす》　長持　蔵の中　蔵の中
そこには　ネズミのお姉さまも
そこには　イタチの爺《じい》さまも
餅《もち》を抱えて　べっこん　べっこん
べっこん　べっこん　かみなり　べっこん

それは、懐かしい歌だった。吉行が子どもの頃、魔除《よ》けの歌として、この地方で広く歌われていたものだ。かみなりの箇所が、火事だったり病名だったり大雨だったり、その時その時の災厄に変わりはするけれど、この歌詞、この節回しだ。秋祭りの前後、この歌詞を歌うというより、声を合わせてがなりながら子どもたちは家々を回る。住人は紙包みに「べ」と赤で大書して子どもたちに渡す。中には、災厄避けを願った文と餅とわずかな金が入っている。そんな慣習が、吉行が暮らしていた町にも残っていた。もう、何十年も前の話だ。幼い和子が知っていることに、驚く。

「その歌、まだ、歌われてんだ」

「うん。べっこん参りの歌。かこもね、尾谷小学校に入ったら、べっこん参りする」

あんな慣習、まだ続いていたのか。とっくに廃れたと聞いたけれど、山深い尾谷では、まだ行われていたのか。おれの若い頃でさえ、村落の半分が老人所帯だといわれていた尾谷に、子ども主体の伝統行事がよく生き残っていたものだ。

　脳裏に過去がよみがえる。稲刈りを終えたばかりの田の畦道《あぜみち》には、いつも彼岸花が群れ咲いていた。鮮やかすぎて毒々しいほどの赤と寒々と広がる田の枯れ色と、鱗雲《うろこぐも》の広がる空と、燕《つばめ》の群れに代わり、ただ一羽、電線に止まる百舌《もず》の声と。彼岸と此岸《しがん》の境界が確かに存在するような風景のなかを、子どもたちは、紙包みを入れる籠《かご》をさげた上級生を先頭に、後で分配される餅やら小遣いやらへの期待を抱いて、練り歩いた。彼岸と此岸。籠をさげて子どもらの先頭を歩いていた兄は、その冬に、あっさりと境界を越えてしまった。

よみがえる。思い出す。色も音も匂いも姿も、なぜかよみがえってしまう。思い出すことがそれほど苦痛にならない。不思議な美しい風景の中を歩いていたのだと思いさえした。べっこんべっこんか。

アルコールと湯の温《ぬく》もりに酔って、吉行は取り留めのない思考のままに、べっこんべっこんと呟《つぶや》いた。

べっこん　べっこん　かみなり　べっこん

ロビーを横切ろうとした足が止まる。全身を悪寒が走り抜けた。酔いが瞬く間に冷えきっていく。無意識に強く、和子の手を握り締めていた。

玄関に人がいる。白っぽい雨合羽《あまがっぱ》を着ているが、一目で警官だと判別できた。フロントの男と熱心に話をしている。こちらに背を向けた男の後頭部がかなり薄くなっていると、吉行は初めて気がついた。

こんなときに、ずいぶん呑気《のんき》なことだな。

我ながら落ち着いていると自賛したかったけれど、そうではない。狼狽《ろうばい》と絶望と恐怖が、思考力を正常に稼動させないだけだ。

ここで捕らえられる。手錠をかけられ、連行される。あの男はちゃんと気がついていたんだ。電話……そうだ、あの電話だ。さっき、虫の声のようにりいんりいんと鳴いた電話。あれは、警察からの電話だったんだ。逃亡中の殺人事件の容疑者が、おたくに？　ええ、間違いございません。手配書の男です。名前も一緒です。早く来てください。

迂闊《うかつ》だった。騙《だま》しおおせたと思っていた。小指の先ほども警戒していなかった。ほら見たことか。これが現実ってもんだ。狡猾《こうかつ》で残酷で容赦ない。

「どうしたの？」

和子が見上げてくる。気配に気がついたのか、男が緩慢な動作で振り向く。警官の雨合羽から水が滴り落ちる。雷鳴が炸裂した。電灯が瞬き、ふっと消える。和子が悲鳴をあげ、むしゃぶりついてきた。閃光《せんこう》。ロビーが白く闇に浮かぶ。

吉行は、和子を抱き上げた。

逃げるなら今だ。

ロビーを突っ切ろうと一歩を踏み出したとたん、電灯がついた。老舗《しにせ》旅館の古ぼけた家具、笹百合《ゆり》の花、壁の絵、磨きこまれた床、玄関に立つ二人の男、水滴、小さな水溜《みずた》まり。すべて、明かりのなかにさらされる。吉行の首にしがみつき、和子が泣きじゃくる。振り向いた男の目も首を伸ばして窺《うかが》う警察官の目も、同じように細められた。ぺたぺたとスリッパの音をさせて、男は近づき愛想笑いを見せる。

「おやおや、驚いちゃったねえ。お嬢ちゃん、怖かったんだね」

「雷、嫌い。いや……怖い」

和子は吉行にしがみついたまま、ほろほろと涙をこぼした。

「大丈夫ですかね？　お部屋に、温かなココアでもお持ちしましょうか？　気が落ち着くと思いますが」

「あ……いや、大丈夫です。ちょっと興奮して……こうして抱いていれば、すぐに落ち着くと……」

「そうですか？　すごい雷だったからねえ、お嬢ちゃん、もう大丈夫だからね、お父さんにしっかり、抱っこしててもらうといいよ。それにしても」

訛《なま》りを強くして、男は警官に話しかけた。

「えらい音じゃったの。今のは、近くに落ちとるのう」

「おお。すぐ近くじゃな。くわばら、くわばら」

さして怖くもなさそうに、警官は笑顔のまま、吉行に向かって軽く一礼した。

「確か、さっきお会いしましたな。事故の現場のとこで」

誘導してくれた警官だった。数時間前の笑顔と今のそれとが重なり、やっと気がついた。

「ああ……あのときの」

屈託なく笑ってみせる。和子がひくっとしゃくりあげた。

「どうも、ご迷惑をおかけしまして。それにしても、ここにお泊まりだったんですね。ええとこに、宿をとられましたな」

「またまた、うまいこと言うてから」

男はひらひらと手を振り、警官に向かって顎《あご》をしゃくった。

「幼馴染《おさななじ》みなんです。小さい頃からの悪ガキ仲間でしてね、まさか、警官になるなんて、みんなびっくりしてますよ。捕まえる側じゃなくて、捕まる側に回ったんなら納得できるんですがねえ」

「おいおい、冗談がきついぞ。お客さんに言うことじゃなかろう」

いくぶん弱まった雷鳴が轟《とどろ》いた。電灯は、もう瞬かない。吉行は、和子を抱いた手に力をこめた。タオルでぐしゃぐしゃに濡《ぬ》れた顔を拭《ぬぐ》ってやる。

「お仕事中なんですか？」

まだ治まらぬ動悸《どうき》の速さを気取られぬよう、何気なく会話に加わる。男が、まあと曖昧《あいまい》に頷《うなず》く。

「何かあったんですか？　あの事故のことですか？」

少し突っ込んでみる。この陽気で人のよさそうな、その分やや鈍くも思える警官が、なぜ、この時刻ここにいるのか、確かめたほうがいい。確かめるにこしたことはない。本当に、おれには無関係なのか。

「たいへんな事故のようでしたが、どなたかお亡くなりになったのですか？」

吉行は、意味ありげに黙り込んだ二人の男を順に見回しながら、低めのゆるりとした口調で、言葉を続けた。そういう物言いが相手に無意識の威圧感を与えることを、知っている。いやというほど、知っている。

男は、ちらりと幼馴染みの顔に視線を投げて、眉根《まゆね》にわざとらしく皺《しわ》を寄せた。

「お客さま、よいカンをしていらっしゃいますねえ。実は……あの事故で亡くなった年寄りがおりましてねえ。うちの、仲居の父親になるんです」

「わたしたちを案内してくれた、あの？」

「え？　あっ、いえいえ、あの者ではありません。もっと若い子でして。今日は、休みをとって出てきておりません。家にもいないそうで、父親が亡くなったのに連絡がつかんそうです。携帯さえ繋《つな》がらんらしくて、みんな、困り果てております」

「そうですか……それは、また……」

「どうも、男がおるようで。たぶん、どっかの街で、二人で遊び呆《ほう》けておると思うんですが。まあ、親不孝なことです」

「こんな狭い町のことですから、ぼくらも顔見知りやし、早《はよ》う捜してくれと頼まれたら、知らん振りもできませんで。どうにか連絡がつかんかと、走り回っております」

さすがにしゃべりすぎたと感じたのか、警官は指を揃え、形ばかりの敬礼をした。

「これで失礼します。夜分、お騒がせいたしました」

「ごくろうさん。滑って転ばんように帰りんせ」

玄関に水溜まりを残して、警官が出ていく。雨音にバイクのエンジン音が混ざり、やがて遠くなっていった。

深く息を吐く。思わず漏らした吐息に、緊張していたのだと思い知る。威圧するどころではない。怯《おび》えていた。警官の存在が怖かった。唇を舐《な》める。かさかさに乾いて痛い。

「おや、お休みですよ」

男が笑う。吉行の胸に身体全部を預けて、涙に濡れた頬のまま和子は寝入っていた。

「子どもというものは、ほんまに可愛いですなあ」

商売用の世辞とも思えぬしんみりした口調になり、男は小さなため息をつく。

「お子さんは？」

「おりません。女房が二度流産しましてね。もう、子はできんと医者から言われました。残念ですがしかたありません」

そう、しかたない。諦《あきら》めるしかない。どんなにあがいても手に入らないものは、手に入らない。指の間から滑り落ちていくことが運命のように、摑《つか》んでも摑んでも消えてしまう。そういうものだ。しかたない。それほどのものでしかない。諦めてしまえるほどのものでしか……。なのに、おれは怯えていた。今、手にしている自由を、時間を、境遇を失いたくないと怯えていた。

和子を抱き直し、男に目礼する。湿り気を帯びた体温を皮膚に感じながら、スリッパの足を前に出す。

「あっ、そういえば、息子さん」

男が手のひらを軽く合わせる。

「息子？」

「はい。息子さんでございましょう？　あのお若い方」

「あ……白兎ね。ええ、そうですが、何か？」

「いえ、さっき庭でお見かけしたような気がしまして。この雨でございます。お部屋にお帰りでしょうね」

「庭で？　いつ頃ですか？」

「雨が降りだす直前でございました。うちの庭は広うございまして、一部は山の斜面に続いております。まさか、そちらにはお行きになったりはしないでしょうが……。いえ、きっともうお部屋にお帰りでございましょう。つまらないことを申しまして」

「いや、どうも……」

和子の体重に痺《しび》れてきた腕に力をこめ、吉行は足早に部屋に戻った。夕食はきれいに片づけられ、布団が三組、すでに敷いてあった。赤い波模様の夏布団が、妙に艶《なまめ》かしい。誰もいなかった。小降りになった雨音が、かえって耳に疎ましい。虫よりも蛙の声が喧《やかま》しくなったことにも、不快を感じる。

赤い掛け布団をめくり、和子を横たえる。服のまま寝させてよいのかどうか思案したが、腹の上に布団を掛けるだけにしておいた。白兎が帰ってきたら、適当にやるだろう。和子の枕元に座り、煙草をくわえる。火はつけない。喉《のど》の奥の鈍痛が、まだ続いている。テレビのニュースを見ようかとも考えたが、やめた。今の時点で、この山《やま》間《あい》の地には吉行の犯した事件はまだ届いていないらしい。たぶん、今夜は眠ることができる。それで充分だった。充分だ。お釣りがくる。殺人者にとって、眠ることのできる夜など、口にするのも贅沢《ぜいたく》というものだ。

火をつけないまま、煙草をアルミ製の灰皿に押しつける。

あいつ、どこに行った。

白兎は帰ってこない。雨の降る直前に出ていったなら、一時間近く外にいることになる。あれだけの激しい雨の中、しかも夜、ずっと外にいるなんて普通では考えられない。

一部は山の斜面に続いております。まさか、そちらに……。

山に登る。ほとんど道もない斜面を進んでいく。雨夜に、漆黒の闇の中を？　ばかばかしいと笑ってみる。得体の知れないやつだけれど、阿呆《あほ》ではないだろう。一歩間違えば命を落としかねない愚行を犯すような……。

信洋ちゃん。どこに行くんな。

すぐ帰るけん。ちょっと。

兄は登っていった。たった一人、冬の山中へ登っていった。

不可解な、不可思議な、しかし悪夢ではない。現実だった。

立ち上がる。和子はぴくりとも動かず寝入っている。宿の浴衣《ゆかた》から服に着替え、部屋を出る。庭は蛙と虫の混声に包まれていた。雨はまだ、降っていた。糸のように細い。夜気がひやりと冷たかった。たっぷりと水を含んだ芝生が足の下でビシャビシャと音をたてる。

庭のところどころに灯《とも》る外灯の明かりが、雨に滲《にじ》んでぼやけていた。その明かりの周りを、蛾の類《たぐい》だろう乳白色の翅《はね》をもつ虫が数匹、飛び回っていた。

ふいに、かなりの長さの蛇が足元をよぎった。這《は》うというより滑るという形容のほうがふさわしいほどの素早さだった。躑躅《つつじ》らしい植え込みの陰に消えていく。虫の声が一際、高くなる。

　夜は豊饒《ほうじょう》に生命を包み込んでいた。人の視力では見通せない暗闇に、多様なものが息づいている。一歩、一歩、歩を進めるたびに、様々な息遣いの内に踏み込んでいく感覚がする。肌にひりひりと生き物の気配が染みてくる。

　思いもかけないほど近くで、梟《ふくろう》が鳴いた。足を向ける。

　松の大樹が枝を広げる下に吉行の背丈ほどもある、やはり躑躅の植え込みがある。その向こうから、梟の声に重なり、低い話し声が聞こえてきた。よく聞き取れない。人のようであり、風のようであり、虫のようでもあった。

「……どうにも、してあげられない……」

　低く美しい声。白兎だ。一拍、二拍、間があく。

「おれには、無理だから……どうにも、できない……」

　静寂。いつの間にか、虫も蛙も鳴きやんでいる。静寂。すべての音が消えた。なぜか動けない。濡《ぬ》れた芝生から冷気が這い上《のぼ》ってくる。

　フォッフォウ、フォッフォウ、フォッフォウ……。

　頭上で梟が鳴いた。決して羽音をたてないという猛禽《もうきん》の夜鳥が、松の枝から飛び立った。梟が闇にのみ込まれたと同時に、風が吹きつけてきた。冷気を含み、胸の奥底までその冷気を運んでくる風だ。しわぶきが聞こえた。嗚咽《おえつ》を聞いた。老いた人間のものだった。植え込みの枝を摑み、目を閉じる。大きく息を吐き出す。空耳だ。そうに決まっている。

「吉行さん」

目の前に少年が立っていた。目を見開き、立っている。それは、驚きの表情だった。吉行のいることに、驚いているのだ。

「驚いたなあ」

白兎は、表情そのままの台詞《せりふ》を口にした。

「なんで、こんなところ？　こんなところに来たんです」

「こんなところにですか？　おれだって、脚が萎《な》えたわけじゃないからな。庭ぐらい歩けるさ」

「こんな時間にですか？」

「そうだ。しかも、雨が降ってる」

「散歩、じゃないですよね」

「どうかな。そうかもしれない。こんな夜にぶらぶら歩くってのも悪くはないだろう」

白兎は黙っていた。黙ったまま手を伸ばし、吉行の前髪を摘《つま》む。

「濡れてますよ。ちゃんと乾かさないと」

その手首を摑み、吉行は指に力を込めた。

「おまえは、なぜ濡れてないんだ？」

「風呂《ふろ》に入ってないからです」

「あの雨の中を外にいて、なぜ、濡れていない。おれは、そう尋ねたんだ」

「雨？　ああ、雨のときは部屋にいましたから」

「嘘つけ！」

　手首を締めつけたままもう一方の手で、白いＴシャツの胸倉を摑む。白兎は、無抵抗だった。

「嘘つきめ。いったい、どれだけ嘘をついたら気が済むんだ」

　乱暴に少年の身体を揺すってみる。荒ぶれた感情のままに、ぐらぐらと細身の身体を揺すってみる。

「おまえは、一言だって本当のことを言ってないだろうが。なんで、黙ってる。なんで、本当のことを言わない」

「そんなことないです。嘘なんてついてない」

　吉行は奥歯を嚙《か》み締める。ぎりぎりと重い音が体内に響く。

「じゃあ尋ねる。誰と話をしていた？」

「話？」

「話をしていただろう。無理だとかなんとか」

ああと白兎の唇が動いた。その唇の上にも肌の上にも、細い雨が降り注ぐ。雨滴は、光沢のある頬の上を惜しげもなく滑り落ちていった。唇が動く。

「梟と……」

「何だと？」

「梟と話をしていました」

思わず、松の枝を見上げる。外灯の明かりの届かないその場所にむろん、梟などいない。飛び去ったのだ。

「梟と話をしていただと、笑わせるな」

「なぜ、信じないんです」

あの驟雨《しゅうう》の中、庭の外れまでうろつき、梟とお話ししていたってわけか。ふざけるな。そんな戯言《たわごと》、聞きたくもない。

そう恫喝《どうかつ》するつもりだったのに、口をついて出たものは、まるで似ても似つかない一言だった。

「知っているからだ」

白兎が瞬《まばた》きする。その眼の中に透明な雨粒が流れ込む。吉行は狼狽《ろうばい》していた。自分の言葉が自分で理解できない。

知っている？　おれは、何を知っているんだ？

「何を知っているんです、吉行さん」

白兎の顔が、ほんの少し傾く。それだけのことなのに、吉行は悪寒を覚えた。甘美な悪寒だった。射精の快感に近い甘美な震えに襲われる。

「おれは、何を知っているんだ？」

声にして問うてみる。喉《のど》の奥が痛い。声帯が震えるたびに痛みが増していく。

「手を放してください」

唐突に、白兎が身を捩《よじ》った。抗《あらが》おうとする。

「部屋に帰ります。放してください」

おれが問うたことに何一つ答えないまま、この手を放せと、おまえは言うのか。

吉行の手を振り解《ほど》き、白兎が横をすり抜けようとする。肩を摑《つか》み、足払いをかけた。

衣服の裂ける音とともに、濡れた芝生の上に身体が一つ、倒れ込む。

「いってぇ」

したたかに背中を打ちつけて、白兎は呻《うめ》いた。

「ひでえなあ……これ、完璧《かんぺき》、暴力ですよ」

肩口から胸にかけてシャツは破れ、生身が覗《のぞ》いた。滑らかな、ごく普通の少年の皮膚が覗く。意外だった。シャツの下に、生々しい肉体があることに息を呑《の》む。透明だと思っていた。妄想のように思っていた。光を吸い込む空洞、透明な空間を少年は、ありふれたシャツの下に隠し持っていると思っていた。いや、感じていた。そんな馬鹿なと理性が笑う、拒否する。しかし、奥深い感覚は、受け入れる。皮膚も肉も骨もない。透明なはずだ。

吉行はしゃがみ込み、指先を伸ばしてみる。シャツの裂け目から覗く胸部に軽く触れてみる。皮膚があり、肉があり、骨の感触がした。

「そーいう趣味、ないって言ってませんでしたっけ」

白兎は薄笑いを浮かべていた。ひどく下卑た笑みに見えた。誘っているようにも見えた。その気があるなら相手になってあげてもいいけどね、吉行さん。

指を握り込む。

「ないね」

「じゃ、誤解されますよ。今の行動、かなり怪しく見えると思うけどなあ」

白兎は、シャツの胸元を軽く撫《な》でた。

「こんなになっちゃって。着替え、持ってないんだけど」

「非難がましい言い方をするな。ロビーに売店があっただろう。明日《あした》、シャツぐらい何枚でも買ってやる」

立ち上がり、白兎の腕を引っ張る。

「ゆさぎくんシャツか。いまいちだなあ」

「ゆさぎくん？　何だ、それ？」

「ここの、シンボルキャラみたいですよ。頭にタオルをのせたちょっと肥満の兎。ゆさぎくんタオルとかもあるみたいです」

「いいじゃないか、兎同士で。似合うぞ、きっと」

「つまんない。吉行さんの冗談ってなんか全然、笑えないんですよね」

そう言いながら、白兎が笑う。さっきの下卑た笑みとは、まるで異質の柔らかで心地よいものだった。いく通りにも笑い方を操れるらしい。

フォッフォウ、フォッフォゥ、フォッフォゥ……。

闇に沈んだ山の中から、梟《ふくろう》の声が木霊《こだま》してくる。

「友達が呼んでるぞ。話し足りないんじゃないのか」

「いや、もう充分です。帰りましょう。かこが寂しがってるはずだ」

「かこなら、よく寝ている」

先に歩き出した白兎の背がひくりと痙攣《けいれん》に似た動きを示した。顔がゆっくりと、振り向く。もう笑みは片鱗《へんりん》も浮かんでいなかった。

「寝ている？　かこ、眠っているんですか？」

「そうだ。ぐっすり眠っている。小さな子どもだ、疲れていたって不思議じゃないだろうが」

吉行が言い終わらないうちに、白兎は駆け出した。まさに兎のように素早い軽やかな動きだった。一呼吸遅れて、吉行も走り出そうとした。ぐっしょりと濡《ぬ》れた芝生に足を取られ、膝《ひざ》をつく。とっさの動きに身体がついていかないのだ。老いの無様さに舌打ちする。野生動物の俊敏さそのままに駆け去っていった若い肉体。その差を痛感する。

いや今は、そんな悲哀に浸っているときじゃない。

跳ね起きて、後を追う。

『ゆと屋旅館』の母屋から漏れる明かりは、無数の細かい水滴をベールのように纏《まと》い、滲《にじ》んでいた。

庭履き用のつっかけを脱ぎ捨て、素足のまま廊下を駆ける。『扇の間《おうぎのま》』と札のかかった部屋の戸に吉行が手をかけたとき、ビシッと鈍い音がした。

人の肉を打つ音だ。

「かこ、起きろ。かこ!」

白兎が和子の上に馬乗りになり、顔を叩《たた》いていた。唖然《あぜん》とする。

「起きろったら、かこ!」

吉行は、白兎に飛びつき、思いっきり後ろに引きずった。

「何をやってるんだ！　この、馬鹿野郎」

「じゃましないでください」

「何がじゃまだ。自分が何をやってるのかわかってるのか」

「わかっててやってるんだ。どいてください、どけったら！」

吉行は手のひらに全身の力をこめて、白兎の頬を打った。白兎が布団の上に転がる。くぐもった呻きが顔を覆った指の間から漏れる。

息が乱れて苦しい。和子は仰向けのまま、目を閉じていた。呼吸がさらに苦しくなる。

「かこ……おい、どうした」

いくら熟睡していたとはいえ、あんな目にあって覚醒《かくせい》しないわけがない。失神しているのか、それとも、まさか……。

少女の身体を抱き上げる。こんなに小さかったかと驚くほど、あっけなく腕の中に収まった。腕の中にあるものは、あまりに小さくて、脆《もろ》くて、そのくせ温かい。細心の注意で取り扱わなければ壊れてしまいそうで、吉行は、そっと揺り動かしてみた。

「かこ……和子、大丈夫か……おい」

和子の睫毛《まつげ》が動いた。瞼《まぶた》がもち上がる。まだ寝ぼけているのだろう焦点の定まらない視線が揺れ、吉行の顔に留まった。笑おうと口を広げたとたん、和子は顔を歪《ゆが》めた。

唇の端が切れている。かなり強く叩かれたらしい。

「……痛い……ほっぺたがいたぁい」

涙が盛り上がり、その涙が沁《し》みたのか、和子の泣き声がさらに大きくなる。

「痛い、痛い。痛いようっ」

「わかった、わかった。ほら、大丈夫だから。白兎」

呼ばれて、白兎が緩慢な仕草で上半身を起こした。財布を放る。

「この子の頰を冷やしてやる。廊下に飲み物の自販機があったろう。買ってこい」

「何をです？」

「何でもかまわん。冷えたやつだ。早くしろ」

怒鳴りつける。白兎は、やはり緩慢な動きで出ていった。その背中を睨《にら》みつけながら、一つの疑念が湧き上がった。

もしかしたら。

しゃくりあげる和子の背を軽く叩きながら、吉行の思考はその疑念に囚《とら》われていた。

囚われながら、虫の声を聞いている。疑念は、濃く、強くなる。

もしかしたら……いや、しかし……。

「かこ、もう泣かなくていいからあのな、おまえな」

「うん」

「おまえの背中の傷な、首のも……」

「傷？」

「そう、やったのはお母ちゃんじゃなくて」

オレンジジュースの缶が差し出される。正直、驚いた。部屋に入ってきた気配をまったく感じなかった。無防備の喉元《のどもと》に一筋の気配もないまま突きつけられた缶は、冷えきった凶器を連想させて、吉行は身を縮めた。

「ジュースだ」

和子が手を伸ばす。

「ほっぺたに当てて、そう、痛いところを冷やすんだ」

「その後、飲んでええ？」

「痛いのがなくなったらな」

「かこ、もう痛くない」

「嘘つけ。嘘つきは、舌を抜かれちまうぞ」

白兎は布団の上に足を伸ばし、缶ビールのタブを引き上げた。

「女の子には優しいんだ、吉行さん」

「目の前に殴られた子どもがいたら、誰でも優しくするさ」

白兎の手から缶ビールを奪い取る。

「誰が、おまえの分まで買ってこいと言った」

「おれだって殴られましたから。けっこう痛いんですけど」

白兎の唇も切れて血が滲んでいた。

「当然だ。一発で済んだだけ、ありがたいと思え」

「きついな」

ジーンズのポケットから手品のように缶ビールを取り出して、白兎がにやっと笑う。

「見かけによらず図々《ずうずう》しいやつだな」

「そうですか……あっ、ほんとに気持ちいいや」

水滴のついた缶を頰に当てて目を細めた横顔に、問いかけてみる。

「おまえなのか？」

問うた後、ほとんど無意識に生唾《なまつば》を飲み込んでいた。

「何がです？」

「この子の背中と首、やったのはおまえなのか？」

「違いますよ」

あっさりと否定の言葉が返ってきた。

「おれじゃ、ありません」

「信用できないな」

「かこに聞いてみればいい」

「おまえのことが怖くて、本当のことを言わないかもしれない」

ビールの缶を軽く握って、白兎は無言で頭を振った。

「おまえは、さっきこの子を叩いていたじゃないか。寝入っている子だぞ。無抵抗の子どもをだ。そういう場面を見て、おまえのこと、信用できると思うか」

「吉行さんだって、同じようなものでしょう」

「同じ……」

無抵抗の女を殺《や》ったじゃないですか。

声にならない声が、聞こえる。もう一度、唾《つば》を飲み込む。なぜか血の味が口内に広がった。

女はほとんど抵抗しなかった。白い肌の街娼《がいしょう》は、派手なネオンの光が交差する路地の、あるかないかの暗がりから吉行を誘い、場末のホテルにしては清潔な真っ白なシーツの上で全裸になり、愛撫《あいぶ》し、無抵抗のまま首を絞められた。

殺す理由などなかった。女の肌があまりに白くて、絞めなければいけないと思った。それだけだ。殺人の理由にはならない。獣なら食らうために人を殺すだろう。鬼なら鬼だからこそ人を殺すだろう。兵士なら兵士であるゆえに人を殺すだろう。

怨恨《えんこん》、物欲、衝動、狂気、仕事……獣でも鬼でも兵士でもない者は、どんな理由のもとに殺すのだろう。

おれは、なぜ人を殺した。殺さねばならなかったんだ。

髪の毛が逆立つ気がした。恐怖が、あらゆる毛穴から噴き上がってくる。そのゴォ

ゴォと鳴る音が頭蓋《ずがい》の中で渦を巻く。

おれは、殺人者だ。理由もなく人を殺せる。

「同じですよ。さっき足払いをかけたじゃないですか」

白兎がビールを口に運びながら、言った。揶揄《やゆ》の響きがあった。

「いきなり、ぶん投げられて、けっこう痛かったけど。あのとき、おれ無抵抗でした

よね」

「あれとおまえのやったこととは、違う」

「どう、違うんです？」

「あのときは、おまえにむかついたんだよ。こちらの尋ねたことを無視して、澄まし

た顔でごまかそうとした。それで……服を破いたのはいきすぎだった気もするがな。

なんなら、謝ろうか」

「可愛くない言い方だなぁ」

「おまえに、可愛がってもらおうなんて思わんからな」

飲み干して空になった缶を、白兎は卓の上に転がした。

「もしかしたら、おれ、嫌われてます?」

「好き嫌いの問題じゃない。今度、今みたいな真似をしたら、許さんからな」

「しかたないんです」

「何だと?」

「しかたないんです。ああでもしないと……」

感情を決して映さない瞳《ひとみ》が何かを探すように揺れた。人間の眼というものが、どういう構造になっているのか、見当もつかない。眼球。脊椎《せきつい》動物の視覚器。角膜、水晶体、虹彩《こうさい》、視神経。知識としてそれくらいの名前は知っている。そこに光が宿り、像を結び、血が通い、神経が走る。それはつまり、生きているということだ。生きている眼は単機能の機器ではない。人の内側に繋《つな》がり、細やかにもあからさまにも、陰にも陽にも、感情を映し出す。だとすればこの瞳は、眼ではない。

吉行は、和子の持っている缶を開けてやった。

「飲んでもええ?」

「いいよ」

ああでもしないと、どうなるんだと重ねて問う気は失《う》せていた。問うても返ってくる答えはないだろう。

鬼かもしれない。獣の化身かもしれない。そんなことを思ってしまった。鬼なら、獣なら、ばりばりと少女を食らってしまうかもしれない。

ともかく和子を守ろう。

吉行は決心していた。この得体の知れない少年から、和子を守ろう。親元まで、送り届けよう。

「月が出ましたよ」

白兎が腰を上げ、電灯を消した。

月の光がぼろぼろと室内に流れ込んでくる。湖底に座しているような錯覚に人を陥らせる青白い光と静寂が流れ込んでくる。

# 四　出発

翌日は晴れた。

白兎に起こされ、目を開けたとたん青が飛び込んでくる。空の色だった。ガラス戸の向こうに碧空《へきくう》が広がる。燕《つばめ》が一羽、真っすぐによぎった。

「何時だ？」

「もうすぐ七時ですよ」

「早いな」

軽く目を押さえてみる。昨夜、白兎に背を向け和子を抱きかかえるような格好で横になった。和子の寝息が聞こえるまで起きているつもりだったのに、いつの間にか寝入ってしまったらしい。糊《のり》のきいたシミ一つないシーツも、冷房を入れているわけでもないのに心地よく涼やかな雨上がりの空気も、虫の音も、遠く聞こえる梟《ふくろう》の声も、誘眠剤の効用を果たし、吉行は苦もなく眠りに引きずり込まれた。

よく寝た。この前、こんなにぐっすりと眠り、うなされもせず、快適に目覚めたのは、いつのことだろう。誰かに起こされ、まだ覚めきっていない視力で空を捉《とら》えたのは、いつだったのか。

横を見る。赤い掛け布団がきちんとたたまれていた。

「和子は？」

「庭です。遊んでくるって」

「こんな早くにか」

「七時って、そんなに早い時間じゃないでしょ。かこは、新しいTシャツが嬉《うれ》しくて、飛び跳ねてましたよ」

「新しいTシャツ？」

そのときになって、やっと気がついた。白兎は紺色のシャツを身に着けていた。白い線で頭にタオルをのせ、湯に浸《つ》かっている兎が描かれている。

「何だ、それは？」

「ゆさぎくんシャツですよ。昨夜、約束したでしょ。シャツ、買ってやるって。破れたシャツを着て歩くわけにもいかないし、フロントに頼んで売店、開けてもらいました」

「ついでに、かこにも買ってやったわけか？」

「ええ。赤いやつ。いけませんでしたか？」

「別に、かまわんが……」

「代金、払っていませんよ。部屋代といっしょに精算するって」

起き上がり、脱ぎ捨てたままの服に手を伸ばす。

「おまえって、本当に見かけによらず図々《ずうずう》しいな」

「吉行さんのもありますよ」

白兎はベージュのシャツを吉行の膝《ひざ》に置いた。こちらのゆさぎくんは、黒の線だ。

「なんで、おれの分まで買ったりする」

「おまけです。二枚買ったら、一枚、おまけがついてくるんです」

「おれをいくつだと思ってんだ。こんなシャツ着られるもんか」

「でも、ずいぶん、雰囲気が変わると思いますよ。それに、案外、似合いそうだし」

シャツを払おうとした手が止まる。デフォルメされた兎の真ん丸い両眼が、膝の上から見上げている。

「おれは、別に……雰囲気を変えようなんて思わない」

「変えてみればいいじゃないですか」

雰囲気を変えてどうしようってんだ。ささやかな変装ってわけか。そんな心遣いをしてくれなくても、おれは、ちゃんと尾谷まで辿《たど》り着いてやる。

煙草に手を伸ばす。火をつけようとしたとき、和子が駆け込んできた。手に持った花を差し出す。

「お庭に咲いとったよ」

彼岸花だった。鮮紅色《せんこうしょく》の花。和子も同じ色のシャツを着ていた。その色がうまく首の傷を隠していることに、吉行は気がつかぬ振りをした。

「もう咲いてるのか」

彼岸花は秋の路傍に咲く花だ。夏が逝ったと知らせる花でもある。季節はいつの間にか移ろっているらしい。

「かこ」

と、白兎が眉《まゆ》をひそめた。

「この花を摘むのは、やめとけ」

「なんで？」

「お墓のまわりにいっぱい咲いてる。埋《うず》もれるぐらい」

吉行は、思わず噴き出してしまった。

「白兎、えらく年寄りくさいことを言うもんだな。今時、彼岸花に埋もれるような墓なんてあるのか」

「ありますよ」

和子は、彼岸花をそっと卓の上に置いた。小さな手から横たえられた野の花は、供《く》花《げ》のようにも見える。

「同じお洋服じゃね」

和子が自分のシャツをつまみ、にっと笑う。

「あのな、朝ご飯にもな、玉子焼きがついとるって。早《はよ》う食べにいこう」

急《せ》かされ、吉行は火をつけずじまいの煙草を捨てた。ベージュのTシャツに手を通す。思いのほか、さらりとした上質の肌触りだった。今度は、白兎が笑った。

「よく似合いますよ」

「何とでも言え」

和子の手を引いて、ロビーまで降りる。昨日の男は昨日の出立《いでたち》のまま、和やかな表情でフロントに座っていた。

「おはようございます。ご朝食は左手、滝の間《たきのま》にご用意してございます。お揃いで、ゆさぎくんTシャツを着ていただいて、ありがとうございます」

丁重に礼など言われると顔が赤らむ。道化を演じている気分だ。しかし、その気分にさほど抵抗を覚えない。白兎と和子を車に乗せたときから徐々に、自分のどこかが変質している。それが何か、どこなのか、しかとは答えられないが、確かに変質している。数日前なら、こんなとぼけたシャツを着ることも、赤の他人の少女を送って山奥の村まで車を走らせることも、考えられなかった。

自棄《やけ》になっているわけではない。若い同乗者二人を道連れに心中しようと企《たくら》んでいるわけでもない。和子に同情しているのでも、白兎の正体を見極めたいと強く望んでいるわけでもない。

何もないのだ。何かのためではなく、意図もなく、ただ流れてみる。水面《みなも》に落ちた病葉《わくらば》のように、流れていく。それでいい。抗《あらが》いきれない波に乗って、今、自分が漂っていると感じてしまうのだ。行き着く先に何があるのか、まるで不明だ。奈落《ならく》だろう、たぶん。

ともかく、尾谷だ。そこまでは、行く。

「朝刊でございます。お持ちください」

男が地方紙を差し出す。四つに折り畳まれた一面の下方から、見出しの二文字が目に飛び込んできた。

殺害。

あぁきたかと思った。くるべきものは、やはりくる。

「かこに、ちょうだい」

両手を伸ばす和子に男は笑いながら、新聞を渡した。

「玉子焼き、たんとおあがり」

「うん」

新聞を胸に抱いて、和子は吉行の手を引っ張った。

他にも客がいたらしく、滝の間には数組の朝食が用意されている。

吉行たちのすぐ横には、老夫婦らしい二人連れが膳《ぜん》の前に座っていた。瘦身禿頭《そうしんとくとう》の夫が新聞を広げながら、妻に語りかけている。

「この頃の新聞は人を殺したとか殺されたとか、そんなニュースばかりだな。もっと明るいニュースを載せられんのかな、まったく」

「そんなの、新聞のせいじゃありませんよ。そういうご時世なんでしょ。殺人事件があったらいやでも載せなきゃしかたないでしょ」

妻に正論で諭され、夫は渋面のまま黙り込んだ。

味噌汁《みそしる》が運ばれてくる。食欲はなかった。喉《のど》の奥の痛みが消えない。味噌汁より、熱くて濃いコーヒーが欲しかった。

「お豆腐だよ。お揚げも入っとる」

和子が歓声をあげた。味噌汁を一口すすり、美味《おい》しいと微笑む。その笑顔につられて、吉行も味噌汁を口に運んだ。

うん、確かに美味《うま》い。

「玉子焼きも美味しい。ご飯も美味しい」

「かこは、何でも美味しいんだな」

「うん。何でも美味しい」

小規模の宴会場らしい滝の間は、廊下側は襖《ふすま》、庭側はガラス窓になっている。窓から差し込む光に、和子の頰の産毛が金色に光っていた。白兎は、光を背にして座り、黙したまま箸《はし》を動かしている。吉行も黙って、味噌汁をすする。新聞に目を通す気は失《う》せていた。急げば、二時間、今日の昼過ぎには尾谷に着く。二時間。それぐらいの猶予はあるだろう。

「しかし、ひどいもんだな」

夫が、また妻に向かって話し始める。

「結婚して一年で夫に殺されるなんてな。ひどい話だ。かわいそうに。そう思わんか」

「運がなかったんでしょ」

妻がさらりと口にする。それから、ぱりぱりと音をさせて漬物を嚙《か》んだ。

「結婚して一年で夫に殺される女もいれば、いろいろと苦労はあっても五十年連れ添って、温泉旅行を楽しむ夫婦もいますよ」

「おまえ、苦労したのか？」

「数えきれませんね」

「そのわりに、ちっとも痩《や》せんじゃないか」

「ほっといてください」

くすっ。白兎が俯《うつむ》いて小さく笑った。老女が振り向く。ふっくらとした顔立ちの、昔前の良きおばあちゃんといった風情があった。

「おかしかった？」

老女が微笑む。良きおばあちゃんの風情がさらに漂う。白兎は、素直に頭を下げた。

「すみません」

「いいのよ。年寄りの会話ってトンチンカンで面白いでしょ」

白兎と老女の会話を聞きながら、吉行はそっと新聞を開いた。死者七人、行方不明者四人、浸水家屋……台風の被害を数字化した記事と国会議員の汚職容疑を伝える記事の下に、四ヵ月前、横浜《よこはま》のマンションで起こった主婦殺害事件の容疑者逮捕のニュースが載っていた。一年前に結婚したばかりの夫だった。ショートボブの高校生にも見える被害者と細面の優男そのものといった加害者、妻と夫の写真が並んでいる。二人生身で並べば、それなりに似合いの夫婦と誉《ほ》めそやされそうな雰囲気だった。

順に新聞をめくっていく。都会の片隅のホテルで、全裸の女性の扼殺《やくさつ》死体が発見されたとは、一行も記載されていない。まだ発見されていないわけか。しかし、そんなことがあるだろうか。数時間の休憩料金で借りた部屋だ。かなりの時間が過ぎても音《おと》沙汰《さた》がなければ、不審にも思うだろうし、延長料金催促の連絡もするはずだ。発見されないわけがない。

もしかしたら、あの女は死んでいなかったのでは。もしかしたら、今もどこかに生きていて、街灯の陰で男を誘っているのでは。

ありえない。この手で絞めたのだ。女の身体が痙攣《けいれん》し、やがて動かなくなるまでずっと手を放さなかったのだ。ありえない。おれが殺した。

あら。

老女の呟《つぶや》きが聞こえた。

「あなた、どこかでお会いしていない？」

老女は、首から細いチェーンで吊《つ》り下げていた眼鏡を掛ける。そして、食い入るように白兎の顔を凝視した。

「おい、失礼だぞ」

夫の叱責《しっせき》など意に介するふうもなく、いや耳にさえ届いていないのかもしれない。老女はその視線で穴を穿《うが》つかのように、見つめ続ける。白兎は嫌悪も戸惑いも浮かべず、相手の目を見返していた。

「あなた……佐和子《さわこ》の……娘のお通夜のときに、いたわよねえ」

老女が身を乗り出す。夫の手から新聞が滑り落ちた。

「馬鹿なことを言うな。急にどうしたんだ」

「だって、わたし見たんですもの。そう、佐和子のお通夜のときでしたよ……真夜中だったわ。時間なんてどうでもよくて……何時なのか気にすることもできなかったけど、夜中だった。それだけは、確か。家の中が静まり返って、すごく寒かった。もうすぐ夏って時期だったのに……庭の紫陽花《あじさい》が満開だったのに……寒くて寒くて……わたし、佐和子も寒いと思って……あの子に毛布をかけてやろうと思って……」

夫が腰を浮かす。突然の老妻の変貌《へんぼう》に狼狽《ろうばい》し、顔から血の気が引いていた。

「何を言ってるんだ。佐和子のことがこの人たちに何の関係がある。黙りなさい」

「いや、かまいませんよ」

吉行は、平静な口調で夫を制した。老女に向き合う。

「それで、あなたは毛布を持って娘さんのところに行ったんですね」

「ええ」

今もまだ柔らかな毛布があるかのように、老いた母の手が膝《ひざ》の上をすっと撫《な》でる。

「百合《ゆり》の花の好きな子で……真っ白な百合に囲まれてましたねえ……あなた、お棺の傍にいたわよねえ。百合の花の陰に座ってて……わたしが近づいたら、さっきみたいにお辞儀したじゃない。それから、立ち上がって……立ち上がって、どうしたのかしら？　よく覚えていない。でも、あなた、あのとき佐和子と話をしてたでしょ。ああ話をしてるんだって、わかったから」

老女の双眸《そうぼう》に涙が浮かぶ。それは零《こぼ》れず滴らず、眼球の縁に留《とど》まり続ける。

夫が妻の名を呼んだ。肩を軽く摑《つか》む。指先が震えていた。

「登美子《とみこ》」

「しっかりしてくれ。いつの話をしているんだ。佐和子が死んでから、もう四十年以上たつんだぞ」

「何十年たったって、覚えていますよ。佐和子のこと、忘れたことなんてありません。あのとき、わたしがお遣いなんて頼まなければ……急いで買ってきてねなんて言わなければ、車に轢《ひ》かれることもなかった。あの子は死なずにすんだのに……あなただって、そう思っているでしょ。ずっとそう思っている……」

「もういい。部屋に帰るぞ」

荒々しい語調のわりに優しい動作で妻を抱え上げ、老人は吉行たちに深々と頭を下げた。

「申し訳ありませんでしたな。せっかくのお食事なのに、不快な思いをさせてしまいました」

「いや、ご心配なく」

「佐和子というのは、亡くなった娘でして。もう遥《はる》か昔のことなんですが……なんで、今さら、家内がこんなことを言い出したのか……ほんとうに申し訳ありません」

「かまいませんよ。息子はよく言われるんです」

「え？」

「葬式のときに見かけたと、よく言われるんです。喪の雰囲気があるらしくて」

「いや、そんな、りっぱな息子さんですよ。うちにも息子が二人おります。孫にも三人恵まれましてね」

「そうですか。お幸せですね」

「ええ、とても」

なのに、囚《とら》われている。失った子に囚われ続け、何十年の年月でさえ癒《いや》せない傷は、とろとろと血を流す。

老夫婦が、膳《ぜん》のものをほとんど残して去っていく。

「お味噌汁《みそしる》、おかわり貰《もら》ってくる」

赤い椀《わん》を両手に持って、和子が立ち上がる。白兎は、自分の箸の先に視線を落としていた。

「それで、何を話したんだ？」

「何です？」

「その亡くなった娘さんと何の話をしたんだ？」

「吉行さん、真面目な顔でそんな冗談、言わないでください。笑う気にもならない」

「別に、冗談のつもりはないし、おまえを笑わせたいわけでもないけどな」

ゆっくり味噌汁をすする。最初の一口ほど美味《うま》いとは感じなかった。

「あの奥さんだって、冗談を言ったわけじゃないだろう。娘の棺《ひつぎ》のそばにおまえがいたと本気で思っていた」

「よく言われるんです」

「何だと？」

「葬式で見かけたって、よく言われるんです。そういう雰囲気があるのかなあ」

「ふざけるな」

「ふざけてませんよ」

箸《はし》を置いて、白兎が立ち上がる。さして大柄でもないのに、その身体が窓からの光を遮る。吉行の膳の前がすっと暗くなった。

「そろそろ出かけましょう。少しのんびりしすぎた」

「飯くらい、ゆっくり食わせろ」

「行きましょう、吉行さん。ぐずぐずしないほうがいい。時間はあまり残ってないですよ」

ご託宣のように重々しくも聞こえる一言を残して、立ち去る。紺色のシャツの背が襖《ふすま》の陰に消えてしまうのを見届け、吉行は椀に残った味噌汁を喉《のど》に流し込んだ。とたん、むせた。こほこほと咳《せ》き込む。喉の奥がじわりと熱い。

時間はあまり残ってないですよ。

あれはどういう意味だと、咳き込みながら考える。あいつは、焦っているのか。時間制限があるとしたら、それはいつのことだ？　それとも、残り時間が少ないのは、おれのほうなのか。こほこほこほこほ、咳《せき》が止まらない。

「お水、飲んで」

和子が水の入ったグラスを差し出す。

「だいじょうぶ？　苦しい？　どっか痛いん？」

大きな目が、本気の心配を浮かべている。吉行は微笑み、頭《かぶり》を振った。

「かこ」

「はい」

「もうすぐ、お母さんのところに、帰れるからな」

「うん……けど」

「何だ？」

「お母ちゃん、うちが帰ったら喜んでくれるかなぁ」

和子の表情が憂いを帯びる。

「お兄ちゃんは、わからんて言うんじゃ。もしかしたら、喜んでくれんかもしれんて」

喜んでくれない？　歓迎されないってわけか。帰ってきてはいけない子ども、いなくてもいい子ども、忘れ去られる子ども、和子は、そういう子どもなのだろうか。

おまえさえ、いなければ……。

実の母の口から、煮え湯にも似た言葉を浴びせられた子なのだろうか。

「喜んでくれるさ。よく帰ってきたって喜んでくれるぞ」

「ほんと？」

「ああ、ほんとだ。さっ、朝飯がすんだら出発するぞ」

和子の家庭の事情も、家族の許に帰ろうとしている事情も、まるでわからない。何かの理由で和子は親元から離された。そして、自力で帰り着こうとしている。吉行にわかっているのは、そのくらいのものだ。帰り着いたところにあるものが、歓喜なのか狼狽なのか拒否なのか、推し測ることすらできない。今、口にした安易な慰めを言わなければよかったと後悔するはめになるかもしれない。その可能性はある。充分にある。しかし、一途に親元に帰ろうとしている少女に向かって、先には希望があると語る以外、何ができる？

窓の外に碧空《へきくう》が広がる。ぎらついてはいない。ただ青く深い。その色が目に染みて、吉行は軽い眩暈《めまい》を覚えた。

男が深々と頭を下げる。

「ありがとうございました。午後からは、また天気が崩れるそうでございます。お気をつけてお帰りください」

「お世話になりました」

車の中に荷物を投げ入れる。

「ぜひ、またお越しくださいませ」

商売用の笑みと挨拶《あいさつ》に向かって、和子は、真顔と大きな返事で応《こた》えた。

「うん、また来たい。ねっ」

ねっ。同意を求める一言は、吉行に向けられた。

「そうだな。ぜひ……」

「ありがとうございます。またのお越しをお待ちしておりますから」

また、などない。二度とない。廃れた温泉町の老舗《しにせ》旅館で働く、愛想のよいこの男が自分の正体を知ったとき、どんな顔をするのだろうか。埒《らち》もないことを考え、笑いそうになる。笑いを堪《こら》えながらエンジンをかけ、ハンドルを握った。

男と数人の仲居に見送られて昨夜登ってきた緩やかな坂道を下っていく。街中を通り過ぎ、川に沿って走り、やがて両脇に稲田の続く道に出た。驚いたことに、もう刈り入れを始めている田がある。真っ赤なコンバインが車体を揺らして、稲をのみ込んでいく。畦《あぜ》で、固い蕾《つぼみ》をつけた彼岸花が数本、こちらは風に揺れていた。翅《はね》を煌《きらめ》かせて、紅い蜻蛉《とんぼ》が稲穂の上を舞っている。

穏やかな、ありふれた初秋の風景が広がる。吉行は、制限速度をやや超えたスピードで車を走らせた。

「吉行さん」

白兎が後部座席から身をのりだしてくる。

「少し、急ぎませんか」

「なんでだ？」

「雲が……」

「雲？」

「雲が出てきました」

白兎が、遠く幾重にもなる山々を指差す。なるほど、山際に雲が湧いている。

「あれが、どうなるんだ？」

「雨が降るかもしれない。宿の人も言ってたでしょ。天気が崩れるって」

「車なんだぞ。多少の雨なんて問題ないだろうが。それとも、なにか、おまえは雨に濡《ぬ》れると溶ける体質なのか」

「溶けはしません。風邪をひくぐらいですね。でも、雨に濡れないに越したことはない。昼間でも月夜でも」

月といっしょに降る雨に濡れちゃあいけんぞ。

死病に冒された祖母の最後の言葉だった。生き残ったたった一人の孫に、祖母は月夜の雨を忌むことを教えて逝った。

なるほどね、おまえは、ばあちゃんの遺言をちゃんと知っているというわけだ。

別に驚きはしない。気味悪いとも感じなくなった。この少年が何者であろうと、もうどうでもいい。

今朝、秋空の青を目に染み込ませたとき、そう感じた。

おれは、ともかく、和子を親元に届ける。そのことだけを考えて、今日の一日を生きてみる。

感じ、決心したのだ。

アクセルを踏み込む。車はスピードをあげ、山越えの道へと向かう。川の流れを遡《さかのぼ》る道程でもあった。

行けば行くほど、秋が深くなる。そんな気がした。

「寒い」

和子が小さなクシャミをする。クーラーを止めた。窓を開けると湿った山の匂いとともに冷気が入り込んでくる。路傍の彼岸花は、どれも開花し、鮮紅の花の群れを作っていた。道が濡れているのは、昨夜の雨のせいだろう。道幅が徐々に狭くなる。車二台がなんとかすれ違えるだけの幅しかない。

登るにつれカーブが多く、しかも急になる。平坦《へいたん》な都会の道路に慣れきってしまった神経は、道幅の狭さにも曲がりにも急勾配《こうばい》にも順応できず、頭の芯《しん》でキィキィと不快な軋《きし》みをあげる。

あいつたち、こんなところから通ってたんだ。

中学校の同級生たちを思う。冬季以外、この道を小さな町営バスに乗って通っていた同級生。寡黙で身のこなしの軽やかな少年たちは、今、どこでどんな中年になっているのだろう。

あの同級生たちは……。

ブレーキを踏んでいた。車が停止するのを待っていたかのように、紅色の蜻蛉がフロントガラスに止まる。

吉行はハンドルを摑《つか》み、大きく息を吐き出した。

「降りてもええ？　蜻蛉、捕まえたい」

和子は、返事を待たず車のドアを開けた。蜻蛉が飛び立つ。和子の頭上ですいっと輪を描くと、赤いシャツの胸にぴたりと止まった。

「わあっ」

和子が歓声をあげる。

「蜻蛉のブローチだ」

吉行はハンドルから手を離し、もう一度深く、息を吐いてみる。

「白兎」

「はい」

「昨日、かこと風呂《ふろ》にいった」

「ええ」

「そのときな、かこが言ったんだ。尾谷小学校に入学したら、べっこん参りをするってな」

「べっこん参り？」

「知らないのか？」

「知りません」

「そうか、おまえでも知らないこと、あるわけだ。ちょっと安心した。けどな、おれが言いたいのはべっこん参りのことじゃない。小学校のほうだ」

「何か？」

「中学校の同級生に尾谷から来ていたやつが二人いた。二人とも笹山姓だった。尾谷には、笹山姓が多いんだろう。まっ、ともかく、そいつらが言ってたこと、急に思い出してな」

首をひねり、後部座席の白兎を見やる。紺色のシャツの少年は、背筋を真っすぐに伸ばした端正な姿勢のまま、吉行の言葉に耳を傾けている。

「その二人がな、自分たちは尾谷小学校最後の卒業生だったと、言ってたんだよ」

あっと和子の声がした。蜻蛉が胸を離れ、空へと飛んだのだ。一瞬、透明な翅が秋の光を弾《はじ》いて輝いた。

「おれの中学の同級生だ。もう二十年以上昔のことだ。二十年以上昔に、尾谷小学校は廃校になっている。そうだろ？」

「さあ……」

「それも知らないのか？」

「おれ、尾谷の人間ではないので。でも、そういうこと、よくあるでしょ」

「そういうこと？」

「勘違いです。かこは、小学校の名前を勘違いしている。それだけのことじゃないですか」

「廃校になってすぐなら、そうかもしれない。しかし、二十年も前になくなっている小学校の名前を勘違いするか」

和子が車に乗り込んでくる。

「蜻蛉、逃げてしもうたよ」

座席に身を沈めて、大人のような深いため息をつく。隣に座る白兎に、身体をもたせかけた。

「何で、逃げてしまうんかなあ」

「空を飛びたいからだよ」

「何で、空を飛びたいん？」

「翅があるから」

「翅があったら、空を飛びたいん？」

「飛ぶために生まれてきたんだ。翅があるってことは、そういうことで……飛ばなきゃしょうがないんだ」

「じゃっ、かこは？」

「うん？」

「かこは……えっとね、えっと、足があるでしょ。走るために生まれてきたんかな」

「そうかもな」

「あのな、かこな、走るの好き。坂道でも転ばず、ぐんぐん走るんで。速いの。すごい速いんで」

「そう……かこは、速いな」

白兎は光に手をかざし、呟《つぶや》いた。滑らかな皮膚が陽光を吸い込み、鈍く輝く。あの皮膚の下に、血というものが流れているのなら、どんな色をしているのだろうと、吉行は思った。

彼岸の赤か、此岸《しがん》の空の色か、闇の黒か、ただの透明な液体か。いやたぶん、何もないだろう。何もないのだ。空洞がぽかりと。

そこまで思い、顔を赤らめる。

馬鹿か、おれは。いったいいくつのつもりだ。女子高校生でも、こんな甘ったるい夢想はしないだろうに。

血は赤く、肉体が傷つけばそこから流れ出る。それだけのことだ。そう、切れば出血し、打ちつければ鬱血《うっけつ》する。失血がひどければ、死ぬ。腹を裂いても、首を絞めても、死ぬ。それが人間てものだ。空洞などと、何を考えている。昨夜から、おれはおかしい。どこか、箍《たが》が緩んでしまった。

「吉行さん。そろそろ出発しましょう」

「時間がないってわけだな」

「雲が広がってきました」

あれほど晴れ渡っていた空が、雲に覆われ始めている。山の稜線《りょうせん》が朧《おぼろ》になり、麓《ふもと》から這《は》い上《のぼ》ってくる風が、道端の雑草や木々の枝を揺らす。

アクセルを踏み込む。山の斜面から、小石がぱらぱらと落ちてきた。遠く、百舌《もず》が鳴いた。

あと数分も走れば、頂上に着く。そこからひたすら下れば、尾谷の集落があるはずだ。急いでもいいけれど、焦る必要はない。ゴールは、すぐそこにあるじゃないか。

ラジオのスイッチを入れる。天気予報を聞くつもりだった。電波の入りが悪く雑音がひどい。やや早口のアナウンサーの声が、とぎれとぎれに耳に届いてくる。

「……です。大気の状態が不安定……ところによって……雨量は多いところで……ご注意ください。次のニュースで……」

音声が乱れる。

「これじゃ、なんのことだか、さっぱりだな」

スイッチに手を伸ばしたとき、ふいに、声が鮮明になる。

「……女性の死体が発見されました。昨夜、○○区○○のホテルの一室で、女性が殺されているのをホテルの従業員が発見し、一一〇番通報をしました。女性の年齢は三十歳から……」

下りにさしかかり、両脇に山の斜面が迫ってきたせいなのか、ラジオの音声は完全に途切れ、耳障りな雑音だけが鳴り響く。吉行は、緩慢な動きでラジオを切った。

やっと。

声に出して、呟《つぶや》きそうになった。息ごと呟きを呑《の》み込む。

やっと見つかったか。

不思議と追いつめられた気分にはならなかった。むしろ、安堵《あんど》している。指紋も体液も体毛もあの部屋のあちこちに残してきた。エントランスホールに設置された防犯カメラにだって、この顔がはっきり映っているはずだ。

逃げられはしない。逃げる気もないが。

車は坂を下っていく。夏を越し、色づきと実りの季節を迎える雑木たちが、ざわざわと音をたてる。対向車は来ない。

吉行は、女のことを考えていた。

あの白い肌の女は、やっと死者としての扱いを受けることができた。枕元に線香の煙は揺蕩《たゆた》っているだろうか。白い布に包まれているだろうか。死を悼み、泣いてくれる者はいるのだろうか。

考えた。まるで虫を潰《つぶ》すように無慈悲に殺してから、もう何日が経っただろう。初めて殺人の対象としてではなく、人としての女のことを考えた。

「白兎」

「はい」

「死んだ人間と何の話をするんだ」

数秒の沈黙。そして、短い答えが返ってくる。

「死者は、何もしゃべりません。ただ、そこにいるだけです」

「そうなのか」

「ええ。机や椅子や花瓶と同じです」

「物と同じか。おまえが唯物論者だとは思わなかったな」

「どんなふうに、思っていたんですか」

「どんなふうにも思っていなかった。どんなふうに思っても、まるで違うだろうからな。そうか……死ねば物と同じか」

「本当の死者ならね」

「死んだ者に、本当も嘘もないだろうが」

再びの沈黙。今度は返事はなかった。

「おまえの言っていることは、どうもよくわからん。おれには、理解不能だよ。もう少し、わかるように説明してくれんかな」

吉行の背後で、白兎が密《ひそ》やかに呼吸する。

「完璧《かんぺき》な死」

掠《かす》れた呟きが聞こえた。

「完璧な死？　何のことだ」

「吉行さん」

「何だ」

「人間って、面倒くさいですね」

苛立《いらだ》ちがこもった口調だった。その口調を若いと感じた。若者特有の稚拙で性急な感情の苛立ちだ。少年が初めて見せた少年らしさだった。

白兎が身動《みじろ》ぎする気配がした。

「面倒くさいなって思いませんか？」

「おまえは、思うわけだ」

「ええ……少し」

「面倒くさいか。確かにな」

そうだ確かに、面倒くさい。他人も自分も、すべて厄介で面倒くさい存在だ。そこから逃れたくて、人と人との関係を希薄なものにしてきた。失って嘆き悲しむような、亡くして心を乱すような、喪失して脱け殻になるような関係を他者と結ぶことの愚を犯したくなかった。そのためにあがいてきた。なれの果てが、このざまだ。

人間って、面倒くさい。そのとおりだよ、白兎。だけどな……。

ポツリ。フロントガラスに水滴が弾《はじ》ける。

「雨か」

また、雨が降るのか。この地方の天候はいつもこうだった。夏が終わり、秋が深まる頃から遅い春が訪れるまでの長い季節、晴れ渡る日など数えるほどしかない。空は、いつも灰色の雲に覆われている。雨が、雪が、霙《みぞれ》が、不意打ちのように落ちてくる。この陰鬱《いんうつ》から、この閉塞《へいそく》から、逃れたくて都会に出た。真冬でもからりと晴れ上がった空と、一年中人工的な色彩があふれる場所は、心地よく、故郷に比べ天と地ほどの開きがあった。地を這うのではなく、天から見下ろす立場にいることを誇らしいと思っていた。なんとか逃れきったと独り笑ったこともある。

それなのに今、灰色の空の下に帰ってきた。

ざわっ。雑草が揺れる。雑木が揺れる。鳥が数羽、枝を飛び立つ。

車は山を登りきった。人家は見当たらない。人の住む形跡は何もなかった。昔は小さな集落があったはずだが、かなり以前に住人はこの地を捨てたらしい。廃屋がある。山の斜面に一つ。谷川寄りに一つ。どちらも黒い屋根瓦《やねがわら》だ。道は、舗装してある。ぽつりぽつりと雨を受け、黒く濡《ぬ》れ始めた舗装道路がくねくねと続く。遠くの山が霞《かす》む。斜面の草の間から細い水流が落ち、道路を伝う。台風と昨日の雨とで、山には、たっぷりと水が染み込んでいるらしい。小石が、また一つ、転がってきた。

暗くなる。雨足が強くなる。黒く黒く道が濡れていく。斜面からの水流は、勢いを増し、坂道を流れ降りていく。大人のこぶしほどもある蛙が跳躍し、道を横切る。

なんだか、嫌な予感がした。予感というよりも、不安かもしれない。早すぎるのだ。

雨の降り方に比べて、周りの変化が早すぎる。まるで、ガラスの面を滑るように水は、斜面から流れ出てくる。少しも染み込まない。保水の許容量を超えているのかもしれない。だとしたら危険だ。

吉行は、アクセルを踏み込んだ。一刻も早く、山から離れたほうがいい。土砂崩れにでも巻き込まれたらと考えるだけで、血の気が引いた。

山は無慈悲に人を食らう。

わかっている。よく、わかっている。誰よりも知っている。恐ろしい。恐ろしいのだ。尾谷まで、人の住む場所まで、早く、早く、着かなければ。

「吉行さん」

白兎が、運転席の背もたれを掴《つか》んできた。

「スピード、出しすぎです」

濁った水に、小石が交じっている。対向車には一台も出会わない。木々がざわざわと音をたて、雨がフロントガラスを叩《たた》く。恐怖がじわりと心を侵す。

山は、崩れようとしている。

「あっ、見えた」

和子が窓ガラスに両手を押し付けた。

「尾谷だ」

尾谷の集落が、雨の向こうに小さく見えたのだ。カーブを曲がるたびに見え隠れする村里は、カーブを曲がるたびに近くなっていく。気のせいか雨も少し小降りになったようだ。

ほっと息をついた。

もうすぐだ。もうすぐ、尾谷に着く。和子を母親の下に帰すことができる。それからは……いや、そこまでだ。今は、そこまでだ。もうすぐ、あと少し。

そのとき、前方に赤い光が点滅した。登ってくる。こちらに向かって近づいてくる。パトカー？　また、どこかで交通事故か？　いや、事故などなかった。

赤い光は、カーブの陰に隠れ、視界から消えた。次に現れたときは、かなりの近くまで迫っているはずだ。風が吹きつけてきた。木々が鳴る。虫食いの木の葉が二枚、フロントガラスにへばりつく。風音に交ざり、後方からサイレンが聞こえた。そんな気がした。

挟まれた。

死体は発見されたのだ。昨日のように、パトカーが傍らを素通りしてくれるはずがない。追われ、挟まれ、捕らわれる。

もう少し、あと一時間、いや三十分。和子を自分の手で送り届けたい。あと三十分がいる。

右に大きくハンドルを回す。山道に乗り入れる。暗く狭い道が蛇行しながら上へ上へと続いている。頂まで続いているのだろうか。途中で獣道へと変わるのだろうか。振動がひどくなる。道が曲がる。霧が立ち込めてくる。赤い光もサイレンも消えた。完全に消えた。

あれは、幻だったんだろうか。幻の光、幻の音……そうだったんだろうか。

「どこに行くんです」

囁《ささや》きにも似た幽《かす》かな声で白兎が問う。

「尾谷だ。決まっているだろう」

「だったら、なぜ、こんな道を」

「怖いか？」

「いえ」

「和子は？」

「かこ、怖くない。でも、お家《うち》に帰りたい」

ミラーに映る少女の顔に笑いかけ、吉行は頷《うなず》いた。本気で頷いた。

「帰ろうな。お家にちゃんと帰ろう」

「うん」

道がやや広くなる。

この道がどこかに繋《つな》がっていてくれたら。

繋がっていてくれと祈る。

道はさらに広くなる。轍《わだち》の跡がある。車が通るのだ。山菜取りのためなのか、山仕事のためなのか、ともかく車は通る。人の道なのだ。希望が生まれる。

あと少し、もう少し。かこ、お家に帰ろう。

「吉行さん！」

白兎が叫んだ。吉行自身も何かを叫んだ。目の前、カーブを曲がりきった場所に木が倒れ、道を塞《ふさ》いでいる。その幹にタイヤが乗り上げた。ブレーキを踏んだと思った瞬間、ハンドルの自由がきかなくなる。倒木に弾《はじ》かれたように、車は道を外れ、谷間へと滑り落ちる。木々の折れる音が、やけに明瞭《めいりよう》に聞き取れた。

# 五　黎明

真夏の太陽がじりじりと照りつける。向日葵《ひまわり》が、化け物のような巨大でグロテスクな花をつけて、聳《そび》える。影が黒い。地から染み出したような色だ。蟬が鳴いている。夏だ。あの夏の昼だ。

「夕方、鰻《うなぎ》をとりにいかんか」

友人が言った。

「おう、ええのう」

別の友人が答えた。それから、吉行に向かって顎《あご》をしゃくった。

「アキも行くじゃろ」

母の足音がする。

ああ暑い。太陽が身を焼く。暑い。堪《たま》らない。

母が近づいてくる。そして、名を呼ぶ。

「吉行さん」

頭の中に声が聞こえた。涼やかな声だ。重いものがふっと消えていく。

「だいじょうぶですか」

声が今度は耳に滑り込んでくる。口内も冷たい液に満たされる。飲み込む。なんの抵抗もなく喉《のど》を越していく。清涼な水だ。

「吉行さん、目を開けてください。しっかりして」

その声に従う。ゆっくりと瞼《まぶた》を持ち上げる。白い霧がすっと流れた。霧の奥底で二つの光が瞬いている。それは、ゆっくりと人の眼の形となった。

「白兎……」

上体を起こすと、鋭い痛みが身体を貫いた。思わず、呻《うめ》き声をあげる。

「無理に動かないでください。骨が折れてなければいいけど」

額に手をやってみる。ぬるとりした感触。指の先が血で汚れた。

「痛みますか?」

「いや」

耐えられないほどの痛みではない。神経が少し麻痺《まひ》しているのかもしれない。そう思うほど、思考力も知覚も模糊《もこ》としていた。頭の中にも霧が漂っている。

吉行は肩で息をしながら、あたりを見回した。

頭上にうっそうと茂る木々の枝が見えた。川音がする。水かさの増した谷川が、その水量に似つかわしい威勢のよい音をたてて流れ、渦巻いていた。横転した車の白い車体がはるか下方に見える。

谷に向かって落下する途中で、斜面の中腹あたりに投げ出されたらしい。その場所が、岩や木々の枝ではなく、露出した柔らかな土の上だったことは、奇跡としか言いようのない幸運だった。

生きている。まだ、生きている。

血が目に染みる。口の中にも染みてくる。鉄臭い味が広がる。唾液《だえき》ごと自分の血を嚥下《えんか》したとたん、纏《まと》いつき思考と知覚を鈍らせていた霧が晴れた。少女の顔と名前が鮮明に浮かび上がる。

「かこは?」

立ち上がろうとしてふらつき、膝《ひざ》をつく。軽い眩暈《めまい》がした。白兎の腕を摑《つか》む。

「かこは、どうした?」

「わかりません」

言葉が出ない。口を開けると空気の塊が飛び込んできて、胸が広がった。

落ち着け、落ち着け、落ち着け。

浅く速く、呼吸を繰り返す。少年を見据える。

「わからないって……どういうことだ?」

「いないんです。どこにも」

吉行は、奥歯を嚙《か》み締めた。横倒しになった車の歪《ゆが》んだドアが見える。割れた窓が見える。前方が無残にへしゃげていた。

「車の中に、まだ……」

「中に人がいるようには見えないでしょ。おれ、車の外に放り出されたとき、かこを抱いてたんです。失神していたみたいで……気がついたとき、吉行さんが倒れているのはわかったけれど、かこの姿はなかった。いくら呼んでも返事がなくて……」

「なに呑気《のんき》なことを言っている。捜せ。早く、捜さないと」

雨はまだ降っている。山霧が木々の間から立ち上る。身体が濡《ぬ》れ、悪寒がする。悪寒のせいでなく、吉行は全身をおののかせた。叫ぶ。

「かこー。かこー」

呼び声はこだまし、嘲笑《ちょうしょう》にも似て、谷あいに響く。水流の音が一際、高くなった気がする。その音もまた、嘲笑《あざわら》う声に聞こえる。

あそこに、あの流れに落ちたとしたら。

濁流は、少女一人など、わけもなく呑《の》み込んでしまうだろう。

おれのせいだ、おれが怯《おび》えて、道を外れた。あのまま、本道を走っていたら、こんなことにはならなかった。捕まってもよかったのだ。そしたら、警察がちゃんと家まで送り届けてくれたはずだ。なのに、なぜ、おれは。

「捜してきます」

白兎が木の枝を摑んで、用心深く腰を上げた。その腕に、幾本もの傷ができていた。血が滲《にじ》んでいる。人である証《あかし》のように赤く滲んでいる。

「おれも行く」

もう一度、立ち上がろうとした吉行を制し、白兎は無理ですと頭を横に振った。

「吉行さんは怪我をしている。下りてしまったら、登ってこれないでしょ。そんな力、残ってないはずだ」

「おまえだって、怪我をしてるだろうが」

「掠《かす》り傷です」

「待て、ちょっと待て」

白兎の腕を摑む。うっと小さな呻きを漏らし、少年は顔を歪めた。傷に強く触れてしまったらしい。

「あ、すまん。しかし、待ってくれ。おまえはここにいろ。おれが行く」

「無理です。吉行さん、かなり出血してますよ」

「いいから、おまえはここで待て」

「なんでですか」

「危険だからだ」

穏やかに聳えているときでさえ、山は危険だ。人を食らう。ましてや今、地は崩れ、谷には濁流が渦巻き、霧は帳《とばり》となって視界を遮っている。危険だ。

「危険だから、吉行さんが行くわけですか？」

「そうだ」

そろりと立ち上がり、一足ずつ、斜面を下りていく。くらりと眩暈がした。足元が滑る。今度は白兎が吉行の腕に手を伸ばした。

「吉行さんのほうが、よっぽど危なっかしいですよ」

「うるさい。手を放せ。ぐずぐずしているヒマなんてないんだ。かこを捜さないと」

「なぜです？」

「なぜ？」

白兎を見上げる。髪は雨に濡れ、頬にも擦り傷ができていた。

「なぜ、そんなに必死になるんです」

雨が降り注ぐ。顔も身体も濡れそぼつ。斜面の上方から自分に注がれる視線を受け止めたとき、雨粒が目に染みた。

「贖罪《しょくざい》のつもりですか」

白兎が言う。

「贖罪？」

「ええ」

贖罪。罪過を贖《あがな》うこと。

できるのか、そんなことが。

狭い路地の暗がりから、女はふいに手を伸ばしてきた。白い腕が蛇を連想させる動きで、吉行の腕に絡みつく。

女を欲していたわけではなかった。性欲は干からびた果物のように、固く乾いていた。それでも、女の誘いを拒まなかった。縺《もつ》れ合うようにしてホテルの一室に入り、縺れ合ってベッドに倒れ込んだ。独りになりたくなかったのだ。誰でもいい、自分以外の人間と繋《つな》がっていたかった。傍らに人の温《ぬく》もりが欲しかった。それだけなのだ。

女はほとんど口をきかなかった。しゃべれないのかと疑うほどに無口だった。喘《あえ》ぎ声さえ出さなかった。プロの娼婦《しょうふ》ではなかったのかもしれない。肌は白い。首の付け根に赤く丸い痣《あざ》があり、その赤さが際立って見えたのは、肌の色のせいだろう。

頸《くび》を絞めた。手のひらに痙攣《けいれん》が伝わってきた。女は、吉行の手首を摑み、指に力を入れた。口を半開きにし、何かを断ち切るようにがちがちと数度、歯を鳴らした。抗《あらが》いは、その程度だった。

女の身体が冷えていく。吉行は、底なしの疲労を感じた。

疲れた、疲れた、とても疲れた。

女に罪はなかった。身体を売ろうとした以外、何の罪も犯さなかった。運が悪かった。こんな客を選んでしまった。それが不運だっただけだ。何の罪もなかった。

勃《た》たない。

女がまともに口にした、唯一の言葉がそれだった。

勃たない。

途方にくれたように呟《つぶや》いた。殺意が芽吹いたのは、その瞬間だったのだろう。女に対してではない。自分に対してだ。男と女、牡《おす》と牝《めす》。知性も理屈も愛情もいらない。目合《まぐわ》うためには、勃起《ぼっき》すればいいだけなのだ。ほんの一時にすぎないけれど、それで、交わることができる。それだけのことなのに、それすら不能な自分に、殺意を抱く。無様だとは思わなかった。恥辱を感じたわけではない。女の声音には、侮蔑《ぶべつ》も嘲弄《ちょうろう》も揶揄《やゆ》も含まれてはいなかったのだ。

吉行が感じたのは、ずるずると引きずり込まれるような孤独だった。ただ一人、底無しの穴に引きずり込まれる。妻子と別れたことも、上司に利用されたことも、会社組織から断ち切られたことも、目の前の名も知らぬ女と交われなかったという事実に比べたら、何ほどのこともない。

悲鳴をあげそうになった。女の指が、吉行の股間《こかん》を這《は》う。奇妙な文様を描くように、くねくねと動く。そして呟き。

もう一度……もう一度だけ……。

今度は、はっきりと悲鳴をあげていた。もうたくさんだ。これ以上、おれを引きずり込まないでくれ。

肌の白さが目に染みる。痛いほど染みた。それだけだ。

殺したかったのは自分なのに、他人を殺《あや》めていた。殺す理由も殺される理由もなかった。なぜ、殺したのか今でもわからない。

贖えるのか。あの行為を贖うことができるのか。

足元が滑る。枝を握っていないとずるずると、滑り落ちそうになる。雨は霧になり、視界を塞《ふさ》ぐ。急がなければ、けれど、その前にもう一言だけ。

「白兎」

「はい」

「おまえは、神なのか」

「え？」

「おまえは、赦《ゆる》しを与えられるのか」

吉行の言葉が終わらないうちに、白兎は噴き出した。顔を伏せ、肩を揺する。かろうじて聞き取れるほどの笑い声が漏れる。

「吉行さん、マジな顔して何言ってるんですか。まるで、舞台の台詞《せりふ》じゃないですか。それって」

「舞台の台詞か。そう思ったのか？」

「ええ。大仰で抽象的で、なんか、笑えます」

「そうか……なら、いい」

足場を確かめ、谷底へと下りていく。霧の向こうで鳥が鳴いた。甲高く尾を引くその声に応《こた》える啼声《ていせい》はなかった。

「吉行さん」

頭上から白兎が呼んだ。顔を上げる。霧の帳が、数メートルの距離にいる少年の姿を覆い隠す。

「神じゃない」

鳥が鳴く。ただ一羽、高く鳴く。他の声は、どこからも聞こえない。

「赦しを与えることができるのは神じゃない。できるのは……」

できるのは？　摑《つか》んでいた細い枝がぽきりと音をたてた。折れた小枝を摑んだまま、斜面をずり落ちる。

「おじちゃん」

和子の呼び声がした。確かに耳に届いた。転げ落ち、泥塗《まみ》れになりながら吉行は立ち上がり、視線を巡らせる。濁流の音が間近で響く。ゴオォゴオォと谷あいに響く。こめかみから顎《あご》にかけて血が流れていく。生温かい。

「かこ!」

大声を出す。濁流に掻《か》き消されないだけの声を振り絞る。

「おじちゃん」

乳白色の霧に赤い色彩が浮かび上がる。真紅のシャツだ。

「かこ」

伸ばした吉行の腕の中に、小さな身体が飛び込んできた。

「かこ。だいじょうぶだったか?」

問いかけに、和子はしゃくりあげて泣き出した。

「痛い、痛いよ」

「どこが? どこが、痛いんだ?」

「足」

スカートから覗《のぞ》いた足に、そっと触れてみる。和子の身体が揺れた。さっき走り寄ってきたのだから骨折はしていないはずだ。しかし、出血は相当だ。触った手のひらがぬるりと滑る。

「痛い、痛い、足が燃えとるよぉ」

泣きじゃくる和子を抱き締める。

「だいじょうぶだからな、すぐ病院に連れていってやるから」

和子が頷《うなず》く。吉行の胸に顔を埋《うず》め、えっえっと泣きじゃくる。

和子の血が吉行のシャツに染みてくる。不安と焦りが綯《な》い交《ま》ぜになり、心を騒がせる。

助けなければ。何としても、この子を助けなければならない。

「かこ。背中に負ぶされ。いいか、しっかり摑まっとくんだぞ」

「うん」

和子を背負い、斜面を登ろうとする。そのときになって、吉行は自分の指の感覚が、かなり鈍くなっていることに気がついた。痺《しび》れている。うまく力が入らない。背中の和子がずしりと重い。奥歯を嚙《か》み締めながら、這うように斜面を登っていくしかなかった。汗が噴き出る。

「痛い……おじちゃん、足が痛い……火がついとるみたいじゃ……」

ずるり。和子が背からずり落ちそうになる。

「かこ！　ちゃんと、摑まれ」

「痛い……痛い」

「わかってる。もうちょっとの辛抱だからな。がんばれ」

目測を誤り、枝に伸ばした手が空を摑む。バランスを崩し転ぶ。小さな土くれが口に入り込んできた。舌の上にべたりと張りつく。吐き出す力がない。心臓が苦しい。気持ちが悪い。嘔吐《おうと》しそうだ。

「なんで、そんなに無理するかなぁ」

舌打ちがして、背中がすっと軽くなった。白兎が和子を抱き、チッチッと舌を鳴らす。若鳥の片鳴きみたいな音だ。

「無理しすぎですよ、吉行さん。歳を考えないと」

「この状況で歳が関係あるか。助けに来るなら、もっと早く来い。馬鹿やろう」

「危険だからじっとしてろって言ったのは、吉行さんでしょ」

「かこが怪我をしてるんだ。おまえの安全なんて、どうでもいい」

「ひでえなあ。すごい差別ですよ」

「無駄口を叩《たた》くな。そんな暇があったら、かこを連れて登れ。道まで登るんだ」

「吉行さんは？」

「おれも行く」

「ほんとに？　そんな余力が残ってますか？」

心配して問いかけた口調ではない。吉行は、血と汗にまみれた顔を上げ、口を半開きにして空気を吸い込んだ。喉《のど》の奥が痛い。濡《ぬ》れた身体から、体温が容赦なく奪われていく。指の感覚はますます鈍っていた。出血はかなりの量らしく、意識がふっと遠ざかり、また戻ってくる。斜面の上は霧に霞《かす》み、道の在りかを見定めることはできない。もう、鳥さえ鳴かなかった。

辛《かろ》うじて身を起こし、灌木《かんぼく》に足を引っ掛けるようにして座る。

「行け」

犬を追い払う手つきで、手首から先を軽く振る。白兎は動かなかった。

「おまえに余力があるなら、かこを連れてここを登れ。本道まで辿《たど》りついたら何とかなるはずだ」

「吉行さんは？」

「おれは……ここで、休んでいく」

「休んでるって感じじゃないですよ。かこより吉行さんのほうが怪我、ひどいんじゃないですか」

「だったらどうだって言うんだ。おまえが手当てをしてくれるのか？」

「また、そんな可愛くない言い方をする。おれに手当てなんかできませんよ。ただ、それだけ出血していて、しかもずぶ濡れのままじっとしてるのって、すごく危険だなと思っただけです」

白兎の前髪から、水が滴る。濡れた皮膚は光沢を増し、ますます作り物めいて見えた。少年の顔と眼差《まなざ》しから、視線を逸《そ》らす。

「もう、いい。おれにかまうな。早く行け」

「放っておけと？」

「そうだ」

「吉行さん」

「何だ」

「生き延びようと思わないんですか？」

白兎の腕の中で和子が身を捩《よじ》る。吉行に向けて、手を差し伸べてきた。

「おじちゃん」

吉行は頭《かぶり》を振り、和子の手を拒む。少女を抱き取る気力も体力も残っていなかった。

「ここで死んでもいいと思っているんですか。自分を犠牲にして、おれたちを救ったとでも思っているんじゃないでしょうね。もしそうなら、それって、独り善がりの自己満足ですよ。わかってます？」

「おまえなぁ……」

吉行は腕にこびりついていた土くれを白兎めがけて投げつけた。土くれは力のない弧を描き、目標からかなり手前の雑草の上に落ちた。

「ガキの分際で生意気過ぎるぞ。おれがおまえの親父なら、二、三発ぶん殴ってやる」

大きく息をつく。気怠《けだる》い。自分の身体がいやになるほど重い。ふっと昨夜《ゆうべ》の温泉を思い出した。もう一度、心ゆくまで、あの湯に浸《つ》かってみたい。

「おれは、別におまえたちを命がけで救おうなんて、そんな偉そうなことちらっとも考えてない。そんなことができるとも思えんしな。おまえの言うとおり、力が尽きて、前に進めなくなった。それだけのことだ。ふふん、日頃の不摂生は、こういうときに祟《たた》るらしい。だから」

「だから?」

「おれの前から失《う》せろ。もう二度と、現れるな」

今度は、白兎が深く息をついた。そうですかと呟《つぶや》く。

「じゃ、行きます」

「ああ……元気でな」

元気でな、か。ずいぶん、陳腐な別れの挨拶《あいさつ》だなと苦笑したとき、和子が叫んだ。

「おじちゃん!」

奈々子の声がかぶさる。

パパ、バイバイ。もう会えないね。

会えないの。本当に、このままもう会えないの、パパ。

和子を抱いたまま斜面を登っていた少年が、動きを止め、振り向く。

「白兎」

「おまえ、赦《ゆる》しを与えるのは神じゃないって言ったよな」

「ええ」

「神でなければ、誰に……何に赦しを請えばいいんだ」

「さあ」

「知らないのか」

「ええ」

「生意気な口を利くわりに、こっちの知りたいことは何一つ知らないんだな、おまえは」

「吉行さんこそ」

白兎の薄い唇が横に広がる。思いもかけぬ柔らかな、温かみさえ感じる微笑だった。

「何十年も生きてきたのに、そんなことも知らないんですか」

少年は笑みを消し、前に向き直ると、霧に呑《の》み込まれていった。

目を閉じる。ポケットをまさぐり煙草を取り出す。どこに落としたのか、ライターが無い。目を開けると、雑木の葉の色が飛び込んできた。濡れて濃くなった緑、虫食いの葉の濃緑色が鮮やかに美しい。身体の芯《しん》に雨と霧の冷たさが染み込んでくる。べージュのゆさぎくんTシャツは泥と血に汚れ、身体にべたりと張りついていた。

寒いと感じ、もう少しマシなものを着ていればよかったと後悔し、あと数分の辛抱か、じきに感覚などなくなるだろうと再び、目を閉じる。最後に一服したかったな。

しかし、まあいいか。

ぐらりと身体が傾《かし》いだ気がした。グオゥと巨大な野獣の吼《ほ》え声が轟《とどろ》く。霧が揺れた。それが野獣の声などではなく地滑りの音だと気がついた瞬間、吉行自身もまた、意味不明の大声をあげていた。

降り続いた雨の水量に耐えられず、斜面が崩落していく。吉行の数メール傍らを雑木を道連れに、谷底に向かって雪崩《なだ》れ落ちる。頭を抱えて、地面に突っ伏す。砕けた木々の破片や小石が、礫《つぶて》となって打ちつける。寒さではなく恐怖に、身体が震える。

山は人を食らうぞ。

わかっている。よく、わかっている。わかってるよ、ばあちゃん。

山は怖《おそ》ろしい。ばりばりと人を食らう。

わかっている。だけど、こんなに猛々《たけだけ》しく突然に牙《きば》を剝《む》くものだとは知らなかった。

ドゥドゥと地を揺るがしながら、山が牙を剝き、襲いかかる。怖い。為《な》す術《すべ》など何もない。怖い。何もできない。ただ恐怖だけが生々しく身体を貫いた。

どのくらい蹲《うずくま》っていただろう。気を失っていたかもしれない。甲高い鳥の声に呼び覚まされ、そろりと顔を持ち上げる。

斜面はえぐれ、土が剝き出しになり、その上を幾筋もの流れが伝っていた。虫食いの葉っぱが一枚、なぜか汚れも傷みもせず、やや大きめの石の上にへばりついている。

かこ……白兎……。

二人の名前が浮かぶ。とたん、恐怖が吹き飛び、朦朧《もうろう》とした意識が覚醒《かくせい》する。腹に力を込め、声を振り絞る。

「かこー。白兎」

返事はない。何一つ、返ってこない。

白兎のことだ。

吉行は口内に満ちてくる土の味のする唾液《だえき》を飲み下した。

あいつのことだ、こんな土砂崩れに巻き込まれたりするものか。今頃、道に出て、和子とともに歩いているはずだ。そうだ、そうに決まっている。

そんな時間があっただろうか……この凶暴な攻撃から身をかわすだけの時間が、あの二人にあっただろうか。まともに襲われたとしたら、土砂崩れの直撃を受けたとしたら……としたら……としたら……。

かこ。白兎。名前を呼ぼうと口を開けたとたん、咳《せ》き込む。熱く生臭いものが喉《のど》の奥からせり上がってくる。手のひらが深い紅色の液で汚れる。血に違いないのに、これは何だと吉行は考え、草に手のひらを擦《こす》り付けた。

外傷からの出血だけでは飽き足らず、身の内からも流れ出るのか。好きにすればいい。ただ、もうしばらくは待ってくれ。もうしばらく、おれから力を奪うな。神よ。あなたがいるのなら、あなたに祈る。もうしばらく、見捨てないでくれ。

強く、強く、幾度も手のひらを擦り付ける。吉行は、その手で斜面の草を摑《つか》んだ。口の中は、ねばねばと不快な感触と味に満ちているのに気にならなかった。二人の生存を確認することしか思い浮かばなかった。それだけしか望まなかった。斜面を登っていく。自分では急《せ》いているつもりなのに、遅々として前に進まない。もどかしい。

崩れた後、山は静まり返り、風さえ凪《な》いでいた。流れの半分近くを土砂にせき止められた濁流は膨れ上がり、激昂《げっこう》という荒ぶれた感情そのもののように、土砂にぶつかり下流に押し流そうとしている。雄叫《おたけ》びに似た音がする。

うまく息ができない。足が滑る。斜面に這《は》い蹲《つくば》っている男を嘲笑《あざわら》うように、川音は激しくなり、霧は濃さを増す。

それでも前に進む。手を伸ばす。登る。汗が滴る。そして指が砂利を摑んだ。なんとか、登りきったらしい。吉行はあえぎ、額の汗を拭《ぬぐ》った。

「かこ。白兎」

しゃがみ込んだまま、叫ぶ。叫んだつもりだったが、声は掠《かす》れ、震え、霧を突き抜けるにはあまりに弱々しかった。

無事に逃げ延びている。そうだ、逃げ延びている。生き延びている。おれのこんな格好を見たら、あいつは笑うだろう。

やだなあ、おれ、吉行さんみたいにもたもたしていませんよ。

そう笑うに違いない。

道端の草むらに白いものが見えた。土砂崩れは斜面をえぐり、赤茶けた巨大な傷痕《きずあと》を残している。その一メートルほど手前だ。

それが何なのか一目でわかった。わかってはいるけれど、吉行は拾い上げ、未知の物でもあるかのように、しげしげと見入ってしまった。白い運動靴。小さな古ぼけた安価な子ども靴。和子のものだった。内側も外側も泥に汚れている。

吉行は靴を握り締めたまま、道に仰向けに倒れ込んだ。

巻き込まれた。土砂に襲われた。山に食われた。

白兎、ほらみろ。人生なんてこんなもんだ。あっけないだろう。誰に赦しを請う間もありはしない。笑えるほど、あっけないよな。おまえがいくつか聞きそびれたけれど、歳なんてどうでもいい。何十年生きたって、旅路の果てはみんな似たようなもんだろう。笑えよ、笑ってみろよ、白兎……。

べっこん　べっこん
和子の歌声が残っている。繋《つな》いだ手の小ささや温《ぬく》もりが残っている。無防備な甘えの仕草も髪の匂いも残っている。

かこ、かんべんしてくれ。約束、守れなかった。家に連れて帰ってやれなかった。かんべんしてくれな、かこ。ああ、そうだ、おまえなら、おれのこと赦してくれるだろうか……。

諦《あきら》めるのは、まだ早い。

囁《ささや》きがする。耳の奥底、頭蓋《ずがい》の中で囁きがする。

諦めるのは、まだ早い。諦めるには、早すぎる。

誰の囁きだろう。誰の声だろう。

血がこびりつき、かさかさに乾いた唇を噛《か》み締めてみる。

足音。足音が聞こえる。密《ひそ》やかな足音が近づいてくる。たった一人の足音。誰かが道を歩いている。吉行は、耳を地面に押しつけてみた。聞こえる。耳元に、地を潜って伝わってくる。

急ぐでもなく、休むでもなく、一定のリズムを刻み歩く音が確かに伝わる。震えがきた。横向きの体勢のまま、息を詰める。

足音。足音がやってくる。ひたひたと軽く、確かな足取りでやってくる。身体は重く、思うように動いてくれないけれど苦痛はなかった。丸太のようにごろりと地の上に転がり、耳を澄ましている。

濡《ぬ》れた草を踏みしめる音は、頭部の方向から伝わってくるのだけれど、吉行はそちらを見定めようとはしなかった。横たわったまま、待っている。

誰かが来る。足音は間近だ。

目交《まなか》いを霧が流れていく。雑草の葉先に水の粒がぶら下がっている。その草をズックク靴が踏みしだいた。まだ新しい。素足に新しいズック靴を履いている。細く硬い少年の剝き出しの足首が、いささかも躊躇《ためら》うことなく、惑うことなく、乱れることなく、吉行の前を過ぎていく。

足音が遠ざかろうとする。吉行は起き上がり、血の混じった唾液を吐き捨てた。

短髪の、ほとんど丸刈りに近い少年の後ろ頭が見える。肩から腰にかけての線は華《きゃ》奢《しゃ》だけれど背筋は真っすぐに伸びていた。

どこに行くんな。こんな時間に。

すぐ帰るけん。ちょっと……。

「兄ちゃん」

少年の後ろ姿に霧がかぶさる。足音が遠くなる。

兄ちゃん、待ってくれ。何で、一人で行くんなら。何で、振り向いてくれんのなら。歩く。辛《かろ》うじて聞き取れる足音を追って歩く。

兄ちゃん。どこに行くんな。待ってくれ。何で、何も言わんと行ってしまうんじゃ。兄ちゃん。

足を前に出す。霧をかき分けるように前に進む。幼い日、そうしたように、兄の後を追いかける。優しいという形容が適切なのかどうか、兄は、いつも気弱な笑みを浮かべて弟を受け入れた。兄に疎んじられたことも、邪険にされたことも一度としてない。

兄ちゃん、どこに行くんな？　おれも連れていってや。

あの日、兄に頼んだ。兄が新しいズック靴を履き、どこかに出かけようとしていたからだ。

おえん。

兄は、屈《かが》みこみ靴紐《くつひも》を結びながら短く答えた。兄から受けた初めての拒否だった。

なんでや、ええがな。連れていってや。

おえん。

何しに行くんな。お母ちゃんに言うちゃるぞ。もう遅いのに遊びに行きよったら、怒られるぞ。

弟の幼い脅しを嗤《わら》うでもなく、いなすでもなく、兄は無言で立ち上がった。さっきの一言よりずっと強い拒否の気配が伝わる。涙が溢《あふ》れた。

何で連れていってくれんのなら。兄ちゃんは意地悪じゃ。あほじゃ。お母ちゃんに言うちゃるけんな。

じきに帰る。おまえは、待っとれ。

兄が背を向ける。玄関から凍《い》てつく外に出ていく。真新しいズック靴が泣いた目に痛いほど白かった。

あの日は取り残された。炬燵《こたつ》にもぐり込み、身体を丸めた。とろりと眠り、母に起こされた。夕飯の匂いが鼻腔《びこう》をくすぐった。兄は帰ってこなかった。

あの日は取り残された。今は、追いかける。

兄ちゃん。兄ちゃん。兄ちゃん……。

助けてくれ。二人を救ってくれ。土に埋まっとんじゃ、兄ちゃん。

不意に視界が金色に染まった。光が目を射る。よろめく。ブレーキの音が脳髄を貫く。

「人がおるぞ」

「何で、こんなところに」

「どうした。泥だらけじゃないか」

複数の男の声が巡る。それは現《うつつ》の確かさと強靭《きょうじん》さを伴って、吉行の鼓膜に突き刺さった。和子の運動靴を両手に抱きかかえ、膝《ひざ》をつく。地面に突っ伏す前に、他人の腕が両脇に差し込まれ、支えてくれた。

「しっかりしなさい。もう、だいじょうぶだから」

「子どもが……」

「なんだって？」

「子どもが、土砂に埋まって……早く……」

わかったと現の声が答える。意識が途切れた。闇の中に垂直に落ちていく感覚に、身を委ねる。和子の靴だけは放すまいと、それだけを思いながら落ちていった。


兄の葬儀の日は、雪だった。山々に区切られた峡間の空が真っ青に輝き、うららと穏やかな陽光が降り注いでいたその日、出棺の直前に雪雲が現れ、葬儀の列が焼き場に着く頃、白い雪片が舞い始めたのだ。

口を薄く開け、視線を空に彷徨《さまよ》わせた呆《ほう》けた顔つきのまま父は、兄を焼く炉の点火スイッチを押そうとして、呻《うめ》いた。指先が瘧《おこり》のように震えて、定まらないのだ。指を震わせながら、父は涙と鼻水を流し、おうおうと声をあげて泣き始める。見かねたのか、愁嘆場に慣れているのか、焼き場の係が、うやうやしい一礼の後、素早い動作で赤いスイッチを入れた。兄を焼く炎の音がする。読経とすすり泣きの声が高まり、式はクライマックスを迎えた。

寒いなあ。背後で小さな囁きがした。

急に寒くなっちゃって、わたしたちまで凍え死んじゃいそう。

振り返り、中年の女性を見上げる。母の遠縁の者だった。頬にも首にもたっぷりと肉のついた女の顔から視線を逸《そ》らしたとき、逸らした視線の先に一人の少年がいた。

灰色のトレーナーとジーンズという服装は、黒一色の喪服の列にあって、あまりに異質だった。その異質に誰も注目していない。目が合う。少年が、微《かす》かに笑んだ気がした。

少年は微かに笑んだのだ。

白い天井が見えた。ぐるりと回る。慌てて目を閉じると、吐き気が込み上げてきた。苦しい。

「吉行さん、だいじょうぶですか？」

消毒薬の匂いのする手が首筋に当たる。

「苦しいですか？　吐きそう？」

「眩暈《めまい》が……」

「ええ、無理しないで。ショック性の貧血だから、しばらく安静にしていれば治りますよ。わたしの言うこと、聞こえてますね」

「はい」

冷たい指先が脈を測る。

「目が覚めてよかったです。あなた、病院に運び込まれてから、ずっと眠ってたんですよ。お水、飲みますか」

口の中は渇いている。からからだ。

「子どもたちは……」

「え？」

「子どもが……土砂崩れに巻き込まれて……子どもたちは、見つかったかと……」

ゆっくり目を開ける。若い看護師の途方にくれた顔があった。

「子どもたち……駄目だったんですか……」

遥《はる》か昔の父親のようにおうおうと声をあげたくなる。炉の内に渦巻く炎の音を聞く。

「いえ」

看護師は首を横に振り、点滴のチューブが繋《つな》がる吉行の手を布団の中にそっと戻した。

瞠目《どうもく》する。心臓が鼓動を刻む。

「あの子たち、助かったのか……そうなのか」

「吉行さん」

看護師が背筋を伸ばす。長身だった。

「先生をお呼びしますね。ちょっと待っててください。目を閉じて、ゆっくり呼吸を繰り返していてくださいね。そうしたら、落ち着きますから」

何で逃げる。何で真実を、本当のことを教えてくれないんだ。

渇ききった口が、想いを容易に言葉にしてくれない。粘膜が干上がって、ぴりぴりと痛い。真実を教えてくれ。おれに、真実を教えてくれ。

吉行とほぼ同年代だろうか、日焼けした中年の医師が足早に入ってきたのは、かなりの時間がたってからだった。

脈拍や体温を測ろうとする医師に縋《すが》る。

「先生、子どもたちは……」

医師と看護師が顔を見合わせた。

「土砂に、子どもたちが……無事でしたか。あの子たちは……」

医師は、空咳《からせき》を一つして、吉行の顔を覗《のぞ》き込んだ。

「吉行さん、だいじょうぶですよ。どこか痛むところがありますか？　かなりの出血がありましたが外傷そのものは、重傷とまではいきませんでした。骨も折れていない。崖《がけ》から落ちたそうですけど、このくらいですんだのは、運が良かったですね」

「先生。わたしのことより、子どもたちは」

浅黒い精悍《せいかん》な顔を歪《ゆが》め、医師はまた、空咳を一つした。

「そのことで……吉行さん、警察の方が見えています。そちらから、詳しく事情を説明してもらえると思うけど……眩暈がしたり、吐き気が治まらないようなら、もう少し後にしますけどね」

警察か。吉行は渇ききった口内で、舌を無理に動かしてみた。自分の立場をすっかり忘れていた。

おれは、殺人犯だったんだ。

医師や看護師のどこかよそよそしい態度も、納得できる。人一人、縊《くび》り殺した男が目の前にいたら、それが患者であったとしても、心穏やかにはいかないだろう。

ちらりと窓に視線を走らせる。鉄格子は嵌《は》まっていない。ここは、普通の病院らしい。外は暗い。夜がまた、知らぬ間に訪れていた。

「吉行さん。お水をどうぞ」

看護師が吸い飲みの先を差し出した。透明な水が、身体の中に緩やかに流れ込む。

「うまい……」

涙が一筋、目頭からこぼれた。

「どうします。警察の方と話ができますか。無理なら」

「お願いします」

「だいじょうぶですか？」

「はい」

「では、短時間だけ。わたしが側にいますから、気分が悪くなったら、すぐ合図してください」

「はい」

点滴の残量を確認してから、看護師が廊下に出ていく。医師は聴診器を吉行の胸に当てた。

「うん、心音はしっかりしている。どこか、身体に具合の悪いところがありますか？」

「いえ……あ、喉《のど》が……」

「喉が？」

「痛くて、血が出たような……でも、そんなことより、子どもたちのことが気になって……」

ほんの一瞬だったけれど、医師の眼差《まなざ》しに憐憫《れんびん》の情が交ざった。憐《あわ》れむ目つきを吉行に向けたのだ。

ノックの音がした。医師が返事をすると、制服の警官が二人、入ってきた。あの人のいい警官ではなかった。軽く敬礼をしてから、小太りの警官が、ベッドの脇に立った。

「目が覚められたようで、よかったです」

「お手数をかけました」

一息ついて、続ける。さっき、流れ込んできた水のおかげで、舌はかなり滑らかに動くようだ。

「わたしが、やりました」

「は？」

「女を殺して、そのまま放置したのは、わたしです」

女の名前は聞いていなかった。何も知らない。ホテルの名前は、ぼんやりとだが記憶にある。それを告げ、覚えている限りの状況を告げ、束《つか》の間、目を閉じる。

若い女でした。とても色の白い女です。酔っていました。わたしが、です。酔っていたけれど、意識はしっかりしていました。ええ、泥酔とかじゃなかったです。首を絞めました。女が動かなくなるまで、ずっと。

警官は、メモをとり、戸口付近に立つ若い同僚にそれを渡した。渡された相手は、一言も口をきかぬまま、病室から姿を消した。

「申し訳ないことをしました」

「いや……その……」

「子どもは？」

警官の目が瞬く。盛り上がった頰の肉に押されて、笑っているように見える程、細い目だった。

「教えてください。子どもたちは、救出されたんですか。助からなかったんですか。どっちなんです」

おれは、白状した。あんたたちの聞きたいことは、あらかたしゃべっただろう。だから早く教えてくれ。頼むから真実を教えてくれ。労《いたわ》りも憐れみもいらない。何もわからぬまま、置き去りにされる。もう、たくさんだ。あの子たちは、どうなった。それだけを教えてくれ。頼む、頼む、頼むから。

「吉行さん」

警官は傍らのイスに腰掛け、深く頷《うなず》いた。

「子どもさんというのは、何人ですか？」

「二人です。女と男」

「おいくつです」

「よく、わかりません……女の子はまだ小さいんです。五つか六つぐらい。男の子は……見た目は、十五、六歳に……」

「わからないということは、その子どもさんがたは、お二人ともあなたのお子さんじゃないんですか」

「あ……いや、違います。ただ……旅館の宿帳にはそう記入しました……親子だと記入しました。父親と息子と娘」

「旅館というのは、昨日、宿泊された『ゆと屋旅館』のことですね」

「そうです」

「実は……そうですね。最初からちゃんと説明します。あなたは、今日の午後二時過ぎに、山崩れの調査に回っていた役場の職員に保護されました。発見時、泥まみれの状態で、身元確認ができるようなものは、一切、持ち合わせていなかったようです」

「免許証も荷物も、車の中でしたから。そんなことより」

苛立《いらだ》ちがつのる。見透かしたように警官は、吉行の前でぽってりとした手を忙しげに振ってみせた。

「あなたが、子どもたちが土砂に埋まったと告げたので職員たちは慌てました。しかし、現場は地盤が緩く、二次災害の恐れがあって近づけなかったんです」

「じゃあ……子どもたちは……」

「救出されていません」

父親の声がよみがえる。喪服に身を包み、息子を焼く炉の前でおうおうと泣いた。あの声だ。木枯らしに似て、聞くだけで体温を奪っていく音だ。

おうおう、おうおう。もう戻ってこない。失ってしまった。この手でもう触れない。抱けない。叱ることも、話しかけることも、尋ねることも、望むことも、すべて失ってしまった。

おうおう、おうおう……。

網包帯で包まれた手を広げ、顔を覆う。涙は出ない。喉の奥からヒュウヒュウと掠《かす》れた声が漏れるだけだ。これもやはり、木枯らしに似ていると他人は思うだろうか。和子の髪の匂いがする。見上げた目の潤んだ黒さを思い出す。少年の美しい鉱石を連想させる双眸《そうぼう》が見える。

白兎。おまえは人だったのか。生身の肉体を持っていたのか。ほんとうに、死んでしまったのか。なあ、おれは、誰に赦《ゆる》しを請えばいいんだ。

吉行さん。赦しを与えられるのは神じゃない。

「あなたの身元が判明したのは、『ゆと屋旅館』の宿帳に名前と住所が記載されていたからです。あなたの着ていたシャツは、湯戸温泉の大きな旅館でのみ販売されている物なので、宿泊先はすぐにわかりました。『ゆと屋旅館』の主人にも、あなたのことを確認してもらいましたよ」

「ゆさぎくんTシャツか……」

「そう。ゆさぎくんTシャツです」

肥満のウサギに似ていなくもない顔に笑みを浮かべ、警官は首を傾げた。その口がもごもごと動き、視線が傍らに立つ医師に注がれる。医師もまた首を傾げ、聴診器を白衣のポケットにしまった。それから、身を屈《かが》めて吉行を覗《のぞ》き込む。話者のバトンタッチが行われたらしい。

「吉行さん、それで……警察の調べによると、昨夜、『ゆと屋旅館』に宿泊したのは……あなた一人だったらしいんです」

「は？」

意味がよくわからない。思考力が完全に戻っていないのかもしれない。

「あの、でも……宿泊客は他にもいましたよ。朝食の席で、年配のご夫婦と話をしたりしましたし……他にも何人かは」

「あっいや、そういうことじゃなくて、あなたのことです」

「わたし？　わたしが一人というのは？」

医師は背をそらし、ちょうど入室してきた看護師と視線を合わせた。長身の看護師の後ろで、先ほどの警官が手招きをする。ゆさぎくんに似た警官が立ち上がる。その背中をちらりと見やり、医師は、いくぶん低くなった声で先を続けた。

「つまり、昨夜、あなたは一人で宿泊された。連れは誰もいなかったそうですよ」

何を言っているんだ。この医者は、真面目な顔をして何を言っているんだ。からかっているのか、馬鹿にしているのか、謀《はか》ろうとしているのか。何を言っている。

「宿帳……宿泊客の名簿にもあなた一人の名前しか書かれていませんでした。旅館の主人も、あなたが、夜遅く一人で来て、宿泊を申し込んだと証言しています。飛び入りの客は、原則、受け付けないけれど、ひどく疲れた様子だったし、身なりのちゃんとした男性一人だったので、泊まってもらったと言ってました。仲居たちも同じことを証言しています」

ベッドの側に戻ってきた警官がそう続ける。細い目には、問いつめる厳しさも矛盾点を突きつける鋭さも宿っていない。

「もちろん、今朝も一人で出発されたようですね。つまり、あなたは昨夜から、ずっと一人だった」

「そんな馬鹿な！」

起き上がる。動作が激しすぎたのか、天井がぐるりと一回転した。血の気が引いていく。身体がすっと冷えていくのだ。とても寒い。

「吉行さん、興奮しないでください。安静にして、急に動いちゃだめです」

医者の手が肩を押さえる。その手首を摑《つか》んでいた。気息が乱れる。

「どういうことだ……そんなこと、ありえない。あんたたちは、かことと白兎を助けないつもりか……二人が埋まっているのに……いないと言うつもりか。みんなで……なぜ、隠そうとするんだ」

「落ち着いて」

「落ち着けるか。おれは、あの子たちといっしょにいたんだ。車ごと、谷底に落ちて……かこは、ケガをしてた。白兎が抱いて、斜面を登ってたんだ。そこに、そこに、山が崩れて……食われちまった。二人とも山に食われて……」

医師が目配《めくば》せをする。看護師の動きは素早かった。点滴液の中に薬品を注入する。注射針が鈍く光る。

「何をした」

手首を掴んだ指に力をこめる。医師は動じなかった。取り乱した患者など慣れっこになっているのか、口元を緩め微笑んだだけだった。赤子をあやすような笑みだった。

「何もしませんよ」

「今、何かを入れたろう」

腕に差し込まれた点滴の針を抜こうとする。医師の手が素早く、吉行の動きを抑え込んだ。

「心配しなくていいですよ。気持ちが昂《たかぶ》ったのを鎮める薬です。すぐに、落ち着きますからね」

「おれは、落ち着きたくなんかない！　それより、かこを白兎を助けてくれ」

「わかりました。わかりましたよ」

吉行は歯を食いしばり、全身の力で医師を押しのける。横に立つ警官の腕を掴む。必死だった。

「あんた警官だろう。助けてくれ、頼む。おれは人を殺した。罰なら受ける。全部、しゃべる。だから……」

息がきれる。涙がこぼれる。何もかもがぼんやりと滲《にじ》む。

「吉行さん、そのことなんですが」

薄いベールを被《かぶ》ったように目も鼻も口も顔の輪郭も朧《おぼろ》な警官が、一つ、ため息をついた。

「さっき、あなたの言われたことね、所轄に問い合わせてみたんですが……、確かに、該当するホテルはありました。そこが、まあ、街娼《がいしょう》たちのよく使う場所であることも確からしいです」

街娼という古めかしい言葉を、警官は言いにくそうに口にして、また一つため息をついた。

「まあ、そういうところですから、揉《も》め事《ごと》もちょくちょくあるにはあるらしいですが、あなたの――あなたの言われたようなこと、つまり、殺人事件など、ここ数年は起こってないとのことです」

「は……」

「傷害、窃盗、薬物所持、売春……まあ、いろいろ事件は起こっていますが、殺人は、なかったそうです。まして、女性の絞殺死体が発見されたという知らせはない。その疑いもないみたいです。ただ、同じ地区内のホテルで殺人事件はあったそうで被害者は女性でした」

「ああ、それだ。ホテルの名前を間違えていたのかも……」

「刺殺だったそうです」

「え？」

「刺し殺されたんですよ。しかも、犯人は先ほど自首してきて、その場で逮捕されました。痴話喧嘩《げんか》のもつれらしいですね。つまり、あなたの言うことに該当する事件はどこからも報告されていない」

白い頸《くび》……おれが絞めた。この手で縊《くび》った。痙攣《けいれん》した。動かなくなった。手の中で女は冷えていった。あれは何だったんだ。夢だと幻だと言うのか。笑わせるな。現実だ。生々しい現実だ。おれが殺《や》った。

今度は医師が息をついた。

「吉行さん、こういうことは、よくあるんですよ」

コウイウコトハヨクアルンデスヨ　ヨクアルンデス

「人を殺すことが、よくあることだと？」

「いやいや違いますよ。そういうことじゃなくてね。えっと、あなたは車ごと、崖下《がけした》に転落した。でも、運よく助かりましたね。助かったけれど、すごいショックを受けたでしょ。そういうときってね、人間の精神も一時的にすごい衝撃を受けているわけです。それでね」

「それで？」

「それで、幻影を見たり、現実と妄想がいっしょになったり、そういうこと、よくあるんですよ。特別なことじゃないんです」

「妄想……おれが、ありもしないことを言っていると……」

「事故の前に、あなたは殺人事件のニュースをテレビで見たりとか、ラジオで聴いたりとか、しませんでしたか？」

「それは……ラジオで……」

「そのことが脳裏に焼きついた。事故直前の記憶がね。事故で一時的にパニックになった脳が、その記憶を自分のものとして認知してしまった。うん、よくあることです」

「そんな……そんなことが」

医師は粘り強かった。苛立《いらだ》つ様子も見せず、粘り強く丁寧に吉行を説得しようとしていた。

落ち着いて、落ち着いて、あなたは今まで夢の中に生きていたんです。やっと、目が覚めたのです。

信じそうになる。信じたほうが楽なのだ。だけど、違う。

「あなたは、嘘をついているわけじゃない。本当のことを言っているんです。だけど、あなたが言ったことは、あなたが見たり、やったり、聞いたりしたと思っていることは、実は現実じゃない。ショックで一時的に錯乱したあなたの心が生み出したものなんですよ。全部、そうなんです」

「まさか……そんなこと……」

「信じられませんか。でもね、現実にあなたは一人で湯戸に来て、旅館に宿泊しているんです。そして、道から転落した。もちろん、車には、あなた一人しか乗っていなかった」

頭がぼんやりとしてくる。医者に促され、吉行はベッドに横たわった。

夢、あれが全部、夢……おれは、ずっと一人だった……違う。それは違う。ああ頭がぼやける。何も考えられなくなる。だけど、違う。かこも白兎も女も、存在していた。

「靴は？」

「え？」

「靴を……持っていたはずだ」

ああと呟《つぶや》き、看護師がしゃがみ込む。ベッドの下に手を差し入れてビニールの袋を引っ張りだした。

「これですね。救急車で運ばれてきたとき、しっかり握ってましたよ。なかなか指から離せなかったぐらいで」

泥まみれの運動靴だった。震える手で受け取り、袋から取り出す。

これを、これを見てくれ。証《あかし》がちゃんとここにある。

「かこのものだ。和子という少女の……靴が、ちゃんとあるじゃないか……だから」

「ずいぶん、古い物ですね」

警官の鼻がひくりと動く。泣き笑いにも見える表情を浮かべる。室内灯の明かりに照らされた片方だけの靴は、汚れているだけでなく変色し傷みきっていた。実用できるとは、とても思えない代物だ。

「長い間、土に埋まっていたんでしょうな。少なくとも十年以上はね。我々にはそう見えますが」

手から和子の運動靴が滑り落ちる。吉行は両手を強く握り締めてみた。手のひらの傷が応《こた》えるように疼《うず》く。

この痛み、この疼き。確かに感じる。でも、本物なのか。かこや白兎が幻だとしたら、今、この生身が感じているものもまた、幻ではないのか。そうでないと誰が言い切れる。現《うつつ》と幻の境が見えない。意識が彷徨《さまよ》い、何もかも霧に閉ざされる。眠い。

「少し眠るといい。今度、目が覚めたときは、混乱はおさまっている。すっきりしていますよ」

医者の声。語尾がふにゃふにゃと揺らぎ、聞き取りにくくなる。

「事故の聴取は、やはり無理でしたか」

「そうですね。思いのほか、ショックが強かったみたいだなあ」

明日《あした》になれば、ちゃんとした話が聴けますかねぇ。

だいじょうぶだと思うけど……。

家族に連絡も取れないし……やれやれですわ。

まあ、ともかく様子を見て……。

先生、三〇五号室の山中さんが……。

パタパタパタ。

腹がへったなぁ。

ぼやける。声も音も遠ざかる。

今度、目覚めたとき、おれはどこにいて、何をしているのだろう。眠りに落ちる間際、吉行は、霧の向こうの何かを摑《つか》むため手を伸ばそうとした。

# 六　暁光

何かを摑んだ。硬い手応えがあった。硬い確かな手応え。

「吉行さん」

呼ばれる。返事をしようと開けた口の中に、ポツリと滴ったものがある。冷水の雫《しずく》だった。口の中を潤し、覚醒《かくせい》を呼びかける刺激だ。

心地よい。

「吉行さん。目を覚ましてくださいよ」

ぐらぐらと身体が揺れる。

「痛い」

吉行は、声に出していた。身体のあちこちで小さな鋭い痛みがスパークする。

「あっすいません」

枕元に薄明かりがついていた。明かりの中で少年が肩を竦《すく》めてみせる。

「白兎」

「怪我の具合、どうです？　えらくやられちゃったんですね」

「かこは？」

「いますよ」

「どこだ。どこにいる。無事なのか。足のケガはどうなんだ」

「吉行さん、おれだってケガ、してるんですけど」

白兎が右手をひらりと振った。手の甲に血がこびりついている。

「枝の先に引っかけちゃって。けっこう痛いですよね、こういう傷って」

吉行は、ベッドに起き上がり、腕を左右に振った。

「おまえの傷なんかどうでもいい。かこは、どこにいる。ここで手当てを受けたのか」

「また、そんな可愛くないことを言う」

にやりと笑い、白兎は身体をずらした。腰のあたりから、和子の顔が覗《のぞ》く。

「かこ！」

和子が無言で飛びついてくる。

「かこ。無事だったんだな。無事だったんだな」

和子の足には包帯が巻かれていた。血が滲《にじ》んでいる。

「足、だいじょうぶか？　痛くないか？」

「おじちゃん」

「何だ？」

「お家《うち》に、連れて帰って」

和子は、吉行の胸に顔を押しつけ、嗚咽《おえつ》を漏らした。

「お家に帰りたいんじゃ」

「尾谷か……」

和子はしゃくりあげながら、帰りたいと何度も繰り返す。

「どうします？」

佇《たたず》んだまま白兎が問うてくる。答えは一つしかなかった。考えるまでもない。腕から、点滴の針を引き抜く。

「行くさ」

「行くんですか？」

「意外そうな言い方をするな」

「意外でしたから」

「それより、おれの着替えを何とかしろ。病院の寝巻きじゃ寒くてかなわん」

「人使い荒いですね」

白兎が音もなく部屋から出ていく。五分もしないうちに、紙袋を手に帰ってきた。

「サイズが合うといいけどな」

紙袋から厚手のトレーナーと黒い綿パンを取り出す。

「これをどこで？」

「男性職員のロッカールームです」

トレーナーの袖《そで》に通していた手が止まった。

「ちょっと待て。おまえ、盗んできたのか？」

「黙って借りてきただけです」

「同じことだろうが」

「微妙に違います。それに、他にどこで手に入れるんですか？　何とかしろって言ったの、吉行さんでしょ」

「しっ」

足音がする。看護師のものだろうそれは、やや重たげに夜の廊下に響き、消えていった。白兎がふっと息を吐いた。

「急いで」

「わかってる」

服を着終えると、和子を抱いて廊下に出る。薄青色の廊下は常夜灯の下で淡く発光しているようだ。誰もいない。夜の病院内でその部分だけ皓々《こうこう》と明るいナースステーションも、無人だった。非常階段の扉を押す。他人の所有物だったトレーナーも綿パンも吉行の身体に少しもそぐわず、動きにくかった。

「よりによって、なんでこんなサイズの服をかっぱらってくるんだ」

ずり落ちそうになる綿パンを押さえながら文句を言う。白兎は、黙っていつもよりやや大げさに肩を竦《すく》めてみせた。

夜間出入り口から外に出ると、首筋をなでる夜気に身が縮む。虫の音が高く、四方から湧き立ち、満天の星が頭上でさんざめく。息を吸い込むと、肺の奥まで冷気が流れ込む気がする。夜の冷たさと暗さが身体を内から染め上げる。

「こっちです」

白兎の口から、短い言葉とともにうっすらと白い息が漏れた。冷え込んでいるらしい。昼間の陽は、まだ夏の名残の熱を残してもいるのに、夜は、こんなにも秋が深い。

「これ、使いましょう」

白兎が青い軽自動車を指差す。白線を大きくはみ出して斜めに止まっている。

「おまえのか？」

「まさか」

「じゃ、誰のだ？」

「知りません。ただ」

「ただ？」

「救急で運び込まれた人の親族か誰かのじゃないのかな。ひどく慌てて止めたんでしょ。乱暴な駐車の仕方ですもんね」

「名推理だな。警察に就職できる」

白兎が助手席のドアを開け、さっさと乗り込む。

「吉行さん、皮肉を言ってる場合じゃないですよ。ほら、運転、お願いします」

「運転……」

視線をハンドルに落とす。キーが差し込まれたままだ。透明なアクリル玉のついたキーホルダーが、だらりと垂れ下がっている。

「おい。服だけじゃなくて、車泥棒までやるつもりか？」

「だって仕方ないでしょ。吉行さんの車は、壊れちゃったし、ヒッチハイクで尾谷まで行くわけにはいかないし、バスは、あと数時間は出ないし」

「わかった。うるさい。ほら、かこが寒がっている。しっかり抱いててやれ」

和子を白兎の膝《ひざ》に下ろし、運転席に乗り込む。持ち主は女性なのか、甘い香水の香りが染みついていた。

朝、辿《たど》った道を再び走る。まるで双六《すごろく》だ。三つ進んで、はい、残念でした。三つ戻り。もう一度、初めからやり直し。

今度は戻らない。今度こそ、行き着く。尾谷へ、和子の家に辿り着く。必ず辿り着く。

吉行は心の内に繰り返した。使命のように繰り返した。

空では、星が煌《きらめ》く。月はどこにいったのだろう。山越えの道のとば口に差しかかったとき、ふっと思った。

欠けた月は、どこにいったのだろう。

「白兎」

少年の名を呼ぶと、なぜかため息がこぼれた。

「はい」

「幻だと言われた」

応じる言葉も気配も返ってこない。手を伸ばし、少年の肩を摑《つか》む。硬い肉の感触を確かめる。肩甲骨のあたりに指を滑らせる。さっきの医師や警官などより、はるかに生々しく伝わってくる存在が確かにここにある。また、ため息がもれた。

「くすぐったいな」

白兎は和子を抱え、前を向いたまま、身じろぎもせずそう言った。そして、やはり小さなため息をついた。

「幻だと言われた」

吉行は続ける。ライトの光が闇を切り裂く。夜の虫がフロントガラスにぶつかってくる。

「おまえも和子も……殺した女も、おれが勝手に妄想したもんだと、言われた。宿に一緒に泊まってもいないらしい」

「そうですか」

「そうですかって、他人事《ひとごと》みたいな言い方だな」

「他人事ですから」

「そうなのか？」

「ええ」

「幻だと言われたんだぞ。おまえもかこも存在していないって言われたんだ。それが他人事か？」

和子がもぞりと動く。

「お腹、すいた……」

「かこ、晩飯、食べていないのか？」

「うん。食べてない。おじちゃん、かこ、お腹すいた」

「白兎、おまえがついていながら、晩飯も食わしてやってないのか」

「しょうがないでしょ、おれ、金なんてもってないし」

「まったく、口ばっかりで役に立たん奴だな」

運転席の横に、キャンディーの袋があった。それを差し出す。

「食べてもええん？」

「ああ、いいぞ。甘いから、少しは腹の足しになるだろう」

「吉行さん、他人のですよ」

「今さら、つまらんことに拘《こだわ》るな。自動車泥棒に比べたら、可愛いもんだ」

「そりゃまあそうだけど」

和子が手をいっぱいに伸ばし、吉行にキャンディーを一つ差し出す。少女の指から直接、口に運ばれた黄色いキャンディーは、甘酸っぱいレモンの味だった。唇をすぼめる。和子があはっと短い笑い声をたてる。髪の毛が耳の横でさらりと揺れた。

「他人事ですよ」

和子から手渡された紫色のキャンディーを口に入れ、白兎は、同じ言葉を繰り返す。

「他人がどう思おうが関係ないってことか？」

「吉行さんは、どうなんです？」

「おれか……」

「ええ。他人のことより、吉行さん自身のことです。おれたちが幻だと思っているんですか？」

問い返されて、吉行はハンドルを握り締めた。ここに、この手のひらに、この指に、さっき感じた硬さも熱も本物だった。本物だと告げた自分の感覚を疑いたくなかった。

「いや、思わない」

車は昼間と同じ道程を昼間よりやや慎重に、登っていく。東の空が白み始めた。夜も朝も山々の峰から始まり、そこで終《つい》となる。鳥が、雑木の間で鳴き交わす。夜が明ける。稜線《りょうせん》が鈍く発光する。地上では闇の暗さが一段と増し、天は光を受けて色を変える。

白兎が姿勢を緩め、座席の背にもたれかかる。

「思わない。おまえたちは、おれの目の前にいる。それは確かだ」

少年も幼い少女も、横に座り、呼吸し、しゃべり、キャンディーを舐《な》めている。確かだ。誰が何を言おうと、どう口説こうと揺るがない。

かこと白兎が、今、ここにいることは現実だ。幻なんかじゃない。そして、おれが人を殺したことも。

「じゃ、何も問題ない。でしょ？」

「そうだな」

軽自動車のエンジンは、過剰な労働に喘《あえ》ぐようにブルブルと不穏な音をたてる。

「おれたちは吉行さんの横に座っているし、吉行さんはおれたちの横にいる。吉行さん」

「何だ？」

「吉行さんも幻なんかじゃないですよ。ちゃんと」

不意に白兎は咳《せ》き込み、顔を歪《ゆが》めて口元をぬぐった。

「嫌だな」

「なんだって？」

「このキャンディー、葡萄《ぶどう》味だった。がまんして舐めてたけど、やっぱりまずいや」

「贅沢《ぜいたく》、言うな」

「贅沢じゃありません。正直な感想じゃないですか。嫌なものは嫌なんだから」

「白兎」

「はい」

「前から一度、言おうと思っていたんだがな、おまえ屁理屈《へりくつ》が多すぎる。いちいち、言い返してくるな」

「吉行さんこそ、ツッコミが多すぎますよ。いちいち、突っかかってくるんだから。やりにくくてたまらない」

和子が、二人の顔を交互に見やる。

「喧嘩《けんか》しとん？」

白兎の手がおかっぱの頭をすっと撫《な》でる。

「おじちゃんが、依怙地《いこじ》なんだよ」

「お兄ちゃんが、生意気なんだ」

そのまま車内は静かになった。苦しげなエンジン音だけを響かせて、ひたすら道を登っていく。

少し疲れた。頭が重く、身体が重い。一休みのつもりで、車を止める。峠《とうげ》の頂だった。道はここから、下りになるのだ。人間に捨てられた廃屋の屋根瓦《やねがわら》が、淡く光る。ただ朽ちていくだけの家が、今日最初の朝日を浴びて屋根を輝かせる。光がゆっくりと確実に地に届き始める。数種類の鳥の声が交ざり合い、明け始めた大気を震わす。

雀、メジロ、エナガ、ヒヨ、燕《つばめ》……昔、鳥が好きだった。地表すれすれを滑空する鳥にも、枝から羽ばたき飛び立つ鳥にも、中空を堂々と旋回する鳥にも、みな一様に心を惹《ひ》かれた。果ても区切りもない空に生きるものが羨《うらや》ましかった。

空を見上げ、鳥を羨む。そんな若い時代があったのだ。吉行もまた、狭い運転席で身を震わせた。

「幻ではない、か」

さっき少年から受けた言葉を繰り返してみる。ガラスを通し、車の中にも朝の光が差し込んできた。和子はもう、車から降りようとはしなかった。キャンディーの袋を握り締めたまま、やがて自分の生まれ故郷が現れるだろう坂の前方に目を凝らしている。

「白兎」

「おまえ、兄貴の葬式のとき、いたよな」

「はい」

ああと白兎が呟《つぶや》く。それが否定の返事なのか肯定の音なのか、定められない。

「おまえと会ったとき、どこかで見たことがあるって、ずっと引っかかってたんだ。思い出した。兄貴の葬式のときだ。おまえ、焼き場にいた。参列者のいちばん後ろに立ってた……そうだな」

「吉行さん、そのとき、いくつだったんです？」

「歳か……さぁ、とてつもなくガキだったことだけは確かだ。兄貴が鼻の孔《あな》に綿を詰め込まれているのがおかしくて、声に出して笑ったら、親戚《しんせき》の誰かにこっぴどく叱られた。それほどガキだった」

「そうですか」

「何をしていたんだ？」

あの凍《い》てつく焼き場の片隅で、おまえは何をしていた。

答えは返ってこなかった。

「兄貴の焼かれるのを見ていたのか？　おまえは、あの日、なぜ兄貴が山に登ったのか、知っているのか?」

「いいえ」

白兎は、キャンディーの袋から黄色い一粒を取り出し口に含んだ。

「何も知りません」

「そうか」

問いつめても無駄か。問いつめる必要もないか。

目頭を軽く押さえてから、吉行は車を発進させた。道を下っていく。青い盗難車を受け入れるかのように、光は力を増し、鳥は高く鳴き交わす。朝霧が薄く流れていく。今日は、珍しく朝から晴天らしい。もしかしたら、昨日のように午後から崩れるのだとしても、星の消えた朝空は、穏やかな一日を約束するかのように黒から青紫、そして澄んだ青色に変わろうとしていた。太陽が頂にかかる雲の上から姿を見せる。霧の中に幾本もの光の筋が差し込み、金色《こんじき》のベルトを作る。細かな水の粒が光をはじき、黄金となる。

「あっ」

和子が声をあげた。昨日、入り込んだ山道が見えたのだ。通行止めの表示があり、太いロープが進入を阻んでいた。

ちらりと心配そうに見上げてくる和子の視線に、吉行は苦笑してしまう。

「心配しなくていい。今度は、ちゃんと本道を走るから」

「ほんま?」

「ああ。もうこれ以上、寄り道はしない。だいじょうぶだ。ほら、尾谷が見えてきたぞ」

山と山の狭間《はざま》に、三十戸に満たない家々が寄り添うようにして建つ里は、朝霧の中にすっぽりと埋まり、海原を漂う船のようにも、孤島のようにも思える。薄闇がまだ、片隅に残っていた。

「尾谷だ」

和子がこくりと息を飲み込んだ。顎《あご》の先がかすかに震える。

ブレーキを踏み、スピードを緩める。焦ってはいけない。急《せ》いてもいけない。怯《おび》えても逃げようとしてもいけない。ゆっくりと慎重に、道程の最後を前に進む。路傍に彼岸花が咲く。真紅の花色が霧を通して、視覚に突き刺さる。

家が見えた。廃屋とは違う。人の住む家だ。周りの田んぼを睥睨《へいげい》するごとく、石垣の上に建っている。古く大きな農家だった。庭先に柿の木がある。たわわに実をつけ、実の重さに枝がしなっていた。窓から明かりが漏れている。犬の吼《ほ》え声が聞こえる。人が生活しているのだ。道に沿って流れる小川の向こうにも黒瓦の家があった。朝霧の間から、稲刈りの終わった田に佇《たたず》む人影が浮かぶ。男か女かは、わからない。犬が吼え、鶏が鳴いた。

着いた。やっと辿《たど》り着いた。

わずか数十キロの旅路は、永遠に果てることのないようにも感じられた。しかし、終わる。もう少し、あと僅《わず》かだ。

昨日もそう思い、安堵《あんど》の息をついた直後、赤色灯を見た。あれこそ幻だったのかもしれない。唇を舐《な》める。そして、嚙《か》み締める。だいじょうぶだ。幻を怖れ、闇雲に逃げ惑うような真似は、しない。もう二度としない。

だいじょうぶだぞ、かこ。ちゃんと連れて帰ってやるからな。

「止めてください」

白兎の声がした。小さな田んぼが階段状になっている斜面の裾《すそ》だった。棚田というには、お粗末だけれど、稲の刈り取られた田が段々に続くさまは、山村独特の趣があった。冬、尾谷は雪に埋まる。ここも、白い滑らかな雪原になるだろう。

「降りましょう」

白兎がするりと外に降り立つ。和子は、片方しか靴をはいていない足で、草の上に立ち、あたりにゆっくりと視線を巡らせた。

「かこ、家はどこだ？」

数メートル先に、二階建ての新築らしい家がある。出窓に白い壁。周りの風景にまるでそぐわない洒落《しゃれ》た建物だった。

「あれか？」

吉行の問いに、和子は無言で頭を振った。

「あんなお家《うち》、知らん……かこのお家は……」

白兎を見上げた瞳《ひとみ》が翳《かげ》った。

「お兄ちゃん、かこのお家、どこ？」

「おいで」

白兎は和子を抱き上げると、細い道を登り始めた。車の鍵《かぎ》をポケットへしまい、吉行も後に続く。

風が出てきた。霧が揺れる。視界が徐々に開けていく。まだ、本格的な霧の季節には早いのだ。畦道《あぜみち》から鳶《とび》が飛び立った。足に黒い紐《ひも》のようなものを摑《つか》んでいる。たぶん、蛇だろう。

ザクザクと草を踏みしだく足音をさせて、白兎は黙したまま登り続ける。斜面は、棚田から雑木林に変わり、吉行の頭上で、紅葉にはまだ早い木々の葉がざわりと揺れる。

木立に囲まれるようにして六つの墓地があった。都会の霊園のように、区画された敷地内に整然と墓石の並ぶ場所ではなく、斜面を切り開き、石を積み上げ、人の手で死者を弔うため造り上げた場所。そんな雰囲気が漂う。

黒ずみ苔《こけ》むした墓石も、卒塔婆《そとば》の墨さえまだ鮮やかな、真新しい墓もあった。守人《もりびと》がいないのか一輪の花もなく草陰に没しそうなものも、小菊があふれんばかりに供えられているものもある。どの墓も彼岸花が赤い彩りをそえていた。

白兎が立ち止まる。和子をそっと下ろした。壊れ物を扱うような丁重な仕草だった。吉行も足を止める。登ってきた小道は、この墓地のためのものだったらしく、雑木林の手前でぷつりと途切れていた。野萩《のはぎ》の群れが霧にしっとりと濡《ぬ》れ、雫《しずく》をつけて、道の行く手を塞《ふさ》いでいる。その野萩の傍らに、墓石の二つ並ぶ墓地があった。雑木林に抱かれる格好でひっそりと佇んでいる。彼岸花が一際、密に群れ咲いて、墓石は炎に取り巻かれているのかとも錯覚しそうだ。

静かだった。鳥の声と風音の他に、何もない。

「かこ」

白兎が和子の傍らにしゃがみ込む。

「ほら……」

小さな肩にそっと手をかける。和子は彼岸花を見つめ、深く息を吐いた。

静寂がふいに乱れる。足音がした。トットットッと軽やかな小さな音だ。吉行たちの登ってきた道とは別に、雑木林に沿っての小道があるらしく、足音の主は雑木の陰からひょっこり現れた。和子よりさらに幼い女の子だった。歩くことを覚え、走ることを知り、自分の足と意志で進むことが面白くてたまらない、そんな年頃の幼女だ。赤い長靴をはいている。早朝の山道を歩けば、露に濡れる。幼女に長靴をはかせた者は、そのことをよく心得ているのだろう。

赤い長靴の幼女は、彼岸花に囲われた墓地に走り込み、上気した顔でにやりと笑う。自分の足に満足しているという会心の笑みだった。笑顔のまま口をぱくりと開ける。

「かーしゃん。かーしゃん」

あどけない声が母を呼ぶ。

「くみちゃん」

和子は幼女の足元、赤い長靴を見つめて、ぽつりと呟《つぶや》いた。

くみちゃん？　妹か。だとしたら、だとしたら……。

人影が現れた。大人だ。すらりと背が高く、黒いトレーナーに黒いズボンという服装だが、女だった。手に小菊の花束と桶《おけ》をさげている。後ろに背をわずかに丸めた者女が、やはり花束を抱えて従っていた。

「待ちんさいって言うてるでしょ」

細身の体型に似つかわしくない大声で、女は幼女を叱った。

「そんなに走って、転んだらどうするんで」

叱ってはいるけれど、怒ってはいない。目元が優しげに笑っていた。和子にそっくりの目元だ。よく似ている。和子がふらりと一歩、前に出て、足を止める。目を力いっぱい見開き、女を見つめる。その眼差《まなざ》しの強さに引かれたのか、女は足を止め、ふいっと幼女から吉行に視線を移した。訝《いぶか》しげに首を傾げる。それから、軽く頭を下げた。吉行も礼を返す。女の視線はすぐに逸《そ》れた。和子の上にはほんの一瞬も留まらなかった。

母親じゃないのか。

「お母ちゃん」

和子が掛け出す。

「お母ちゃん、お母ちゃん」

女は振り向きもしなかった。和子に背を向け、手際よく墓前の花筒に小菊を入れていく。和子の呼びかけに反応したのは、老女のほうだった。足を止め、そのまま立ち竦《すく》む。視線があたりを彷徨《さまよ》う。手から花束が落ちた。空になった両手を持ち上げる。手の先が細かく震えていた。その腰に、和子がむしゃぶりつく。

「お母ちゃん」

老女の手は何かを摑もうとするかのように、ひらひらと動き、視線は漂い、深い皺《しわ》の刻まれた顔が歪《ゆが》む。

「お母ちゃん、ごめんなさい。お母ちゃん」

和子は、老女に抱きついたまま泣き声で謝り続けた。

「お母ちゃんの言うことききかんで、ごめんなさい。一人で、お山に遊びにいってごめんなさい。お母ちゃん、ごめんなさい」

吉行は身体の横でこぶしを握り締めた。

抱いてやれ。よく、帰ってきたと抱き締めてやれ。あんたの胸に辿り着くまで、和子がどんな思いでいたか察してやれ。抱いて、抱き締めて、おまえを待っていたと一言、たった一言、告げてやれ。

告げて、告げてやってくれ。

老女に詰め寄りそうになる。白兎の腕がすっと上がり、吉行の動きを封じた。

「吉行さん」

ここから先に道はない。あなたは、行けないんです。

そんな言葉が、身体のどこかで響く。

「和子」

老女が名を呼ぶ。涙が皺を伝い流れた。

「お母ちゃん？」

花を入れ終わった女が老女に近づき、顔を覗《のぞ》き込む。

「どないしたん？」

「和子が……」

「え？」

「和子が帰ってきた……帰ってきたんじゃ」

女の顔からすっと血の気が引いた。恐怖ではなく、狼狽《ろうばい》のせいらしい。女は老女の肩を摑み、揺する。老いた身体がかくかくと前後に揺れた。

「お母ちゃん、何言うとるの？　しっかりして」

「和子が……呼んだんじゃ。お母ちゃんて声が……」

「お姉ちゃんは、ほら、あそこやで」

女は母親の肩を抱き、墓石に向き合わせる。庵治石《あじいし》だろう青灰色の墓石の横に彼岸花の一群れがあった。花群れに半ば埋まっている自然石の小さな墓が見える。墓だとわかるのは、前面の彼岸花が刈り取られ、花筒に小菊が数本いけられ、線香が薄い煙を上げていたからだ。

「お父ちゃんは、こっち。お姉ちゃんは、あっち。よう、わかってるじゃろ」

「けど……和子の声が」

「わかった、わかった。お姉ちゃん、帰ってきたんやな。何十年ぶりかで、やっと帰ってきたんや。だから、ほら、ちゃんと手を合わせてやり。なっ、お母ちゃん、頼むから呆《ぼ》けたりせんといてよ。しっかりしてな」

「くみ子、うちは和子に謝まらんといけんの。うちは、あの子をよう折檻《せっかん》した。苛々をぶつけた。何も悪いことしてないのに叩《たた》いて……。あの日も叩いた。『どこかに消えてしまえ』って怒鳴ってしもうた。それで、それであの子は一人で山に……」

「お母ちゃん、止めて。いつの話をしとるの。大昔のことやないの。もうとっくに時効やわ」

幼女が小走りに近づき、大人二人の顔を見比べる。

「ばーたん、泣いとる?」

女は娘の頭を撫《な》で、うんうんと二度、頷《うなず》いた。

「おばあちゃんはね、お墓を見て、ちょっと悲しゅうなったの」

母の言葉の意味を理解できなかったのだろう、幼女はぷくりとした唇を突き出したまま黙っている。

「お彼岸じゃからね。仏さまが帰ってくるんよ。そしたら、悲しゅうなったりするの」

「ふーん」

今度は老女の手が伸び、艶々《つやつや》とした黒髪の小さな頭を撫でた。

「ごめん、ごめん。有香《ゆか》ちゃんにまで心配かけてしもうたね」

「ユカ、お腹、すいとるよ」

「そうやな。朝ご飯、まだやもんな。有香ちゃん、ばあちゃんといっしょに、仏さまにお参りしような。手を合わせて、有香ちゃんが元気で大きゅうなれますようにって、お祖父《じい》ちゃんや和子伯母《おば》ちゃんにお願いしような」

「うん」

老女のしっかりとした物言いに、女が安堵《あんど》の息をつく。老女は孫の手を握り、歩き出す。

「お母ちゃん」

和子が呼んだ。老女はもう応《こた》えない。二つ並んだ墓石の前に、しゃがみ、頭《こうべ》を垂れる。幼女も見真似で、手を合わせこくりとおじぎをした。女が手早く墓石を水で清める。それで終わりだった。三人は、幼女を先頭に小道を引き返す。和子は、目の前を行き過ぎる者たちを、立ち尽くしたまま見送った。

「お母ちゃん」

老女が過ぎていく瞬間、一言、囁《ささや》いただけだった。吉行のほうが大声をあげそうになった。喉《のど》を突き破り、溢《あふ》れ出ようとする叫びを辛《かろ》うじて堪《こら》えた。堪えながら祈った。頼むから、振り向いてくれ。たった一度でいいから抱き締めてやってくれ。ここまで旅してきた娘を褒めてやってくれ。お母ちゃんも待っていたのだと、それだけを伝えてやってくれ。頼むから……。

女が止まり、ちらりと吉行に視線を投げる。先ほどのものと違って、明らかに不審を含む尖《とが》ったものだった。娘を抱き上げ、後ろの母親に耳打ちすると、足を速めた。雑木の陰に三人の姿が消える。それを合図としたかのように、頭上の雲が割れ、青空が覗く。光が柔らかく色づき、雑木の林や枯れていこうとする草や真紅の花群れの上に降り注ぐ。

白兎が肩を竦《すく》めた。くすりと笑う。

「吉行さん、どうやら危ない人みたいに思われたらしいですよ」

無言で、少年を押しのける。和子の傍らにしゃがみ込む。

「かこ」

手を差し伸べると、和子もまた、無言のまま吉行の首に手を回し、胸に顔を埋《うず》めた。ひくりと小さな背中が震えた。

何と言えばいい。どうすれば、この少女を癒《いや》せる。

強く抱き締める以外、術《すべ》がなかった。術のない自分に落胆する。苛立《いらだ》ちもする。おれは四十年近く生きてきて、たった一人の少女さえ救えない。何をしていた。何を学んできた。何を経てきた。

パパ、バイバイ。もう会えないね。

奈々子……。

和子がもぞりと動き、顔を上に向けた。視線は吉行にでなく、数歩後ろに立つ白兎に向けられている。ほとんど動かない唇から、掠《かす》れた声がこぼれる。

「もう一度……もう一度だけ……」

この声。この途方にくれたまま哀願する声をベッドの上で耳にした。もう一度、もう一度だけという、掠れた呟《つぶや》きだ。

吉行は目を見張る。和子の伸ばした首の付け根に丸い痣《あざ》を見たのだ。赤い縄痕《じょうこん》に遮られて、今まで気づかなかった。痣だ。丸い痣。肌の白さを際立たせる小物のように、女の首についていた。

息を吸い込む。喉の奥が痛い。それでも、何度も息を吸い、吐く。不思議と驚愕《きょうがく》の感情も恐怖も湧いてこなかった。ああ、やはりという、心の一部がストンと納得する奇妙な安堵《あんど》感さえ覚えた。

「かこ」

もう一度強く、少女を抱き締める。

赦《ゆる》しなど請わない。請うて叶《かな》えられるものじゃない。赦されてはいけない罪も、あるのだ。誰が赦そうとも、自分自身は決して赦してはいけない。そんな罪業が確かにあるのだ。

「もう一度は、ないよ」

白兎の声がする。陽光に似て柔らかく、澄んで、美しい。

「約束だろう。かこ。一度だけって」

和子が吉行の腕の中でため息をつく。

「お母ちゃん……かこのこと、忘れてなかったね」

「忘れてなんかいないさ。一日だって、忘れたことはなかった。諦《あきら》めることはできても、忘れることなんてできないんだよ。赤い花模様の浴衣《ゆかた》だって、ちゃんと縫ってくれたんだ。かこが知らないだけさ。だからもう、お休み」

和子がふっと微笑む。吉行の胸にもたれかかる。もたれかかる直前に、吉行を見上げた。あの女の眼だった。

「かこ」

謝罪ではなく、感謝の言葉が漏れる。

かこ、ありがとう。おれと出逢《であ》ってくれてありがとう。

かこが仄《ほの》かに笑う。それから、静かに目を閉じた。すぐに穏やかな寝息が聞こえ始めた。

白兎を見上げる。

「眠ったぞ」

「ええ、やっと、眠ることができました」

かこは尾谷に、彼岸花の美しいこの場所に帰り着くまで眠ってはいけなかったのか。もし、あの夜、旅館の一室で眠り込んでいたらどうなっていたのか。尋ねる気は失《う》せていた。尋ねることは他にある。

「おれはどうすればいい？」

「そのまま」

「え？」

「そのまま草の上に下ろしてください」

「この濡《ぬ》れた草の上にか？　せめて敷物を用意してやれ」

白兎が首を横に振る。

「必要ないです。余計なものはいらないんです」

吉行は、和子の身体をそっと雑草の上に横たえた。規則正しい寝息は、甘やかな音楽のように耳に心地よかった。眼球の奥が、じわりと熱くなる。

「かこ……」

「けっこう。上出来です。さっ、行きますよ」

「ちょっと待て。かこをこのままにしておくのか？」

「そうですよ。おれの役目はここまでだから」

「待てったら。おい、白兎！」

背を向けた白兎に、慌てて声をかける。白兎は振り向き、眉《まゆ》をひそめると、吉行の腕を引っ張った。

「だいじょうぶです。かこは納得したから、よくわかったから、もうだいじょうぶです。心配しなくていいですよ」

「しかし」

「吉行さんがいたら、じゃまなんです。見ちゃ駄目ですよ」

白兎に腕を引っ張られたまま、道を下る。おじちゃんと、呼ばれた気がした。白兎の指に力がこもる。

「振り向かないで」

「だけど、かこが呼んだぞ」

「呼んでませんよ。風の音です」

「風の音と、かこの声を聞き違えるもんか」

「聞き違えます。人間の耳って、自分の聞きたいものを勝手に聞いちゃうんです。風の音でも雨の音でも、自分を呼んでるみたいに聞こえるときがあるんですよ。けど」

「けど？」

「吉行さんがいてくれてよかったです。最後、ちゃんと抱き締めてもらえてよかった」

白兎は、ほんの数秒沈黙し、吉行の腕から指を離した。

「ありがとうございました」

腕を軽く振って、吉行は白兎の横に並ぶ。青い車が見えてきた。鄙《ひな》びた農村の風景の中で、人工の色は妙に明るく浮かび上がって、目に映る。

「おまえから礼を言われるなんて、思いもしなかったな」

「言うべきときには言いますよ」

「白兎」

「はい」

「笹山和子って名前、以前、聞いたことがあるとずっと引っかかっていた」

「ええ」

「何回忌だったか、兄貴の法事のとき、近所のおばさん連中がしゃべってたんだ。それを聞いた。耳のせいじゃないぞ。確かに聞いたんだ」

「わかってます」

「兄貴が亡くなる数年前、尾谷の笹山和子という少女がやはり山で行方不明になった。ずっと行方がわからなくて……そう、法事の数カ月前、犯人が捕まっていたんだ。他県の会社員だった。いたずら目的で少女を山に連れ込み、乱暴して殺し、死体を埋めた。だけど、地元の人間ではない犯人の記憶は曖昧《あいまい》で、供述は二転三転し、被害者の少女の遺体はついに発見できないままだった。おれは、まだ小学生だったけれど、おばさんたちの話を怪奇伝説を聞くみたいな気分で、そっと聞いていた。笹山和子……被害者の少女の名前だったな」

道を下りきる。白兎が空を仰ぐ。

「納得できないですよね」

「かこのことか？」

「ええ、自分が死んだなんて、和子には納得できなかった。殺される理由なんて、何もなかったんだから。運命ってものを受け入れるなんて無理ですよね。けど……生きて、大人になったとしても、和子は……」

「おれが殺した」

乾いた唇を舐《な》める。乾いている。触れた舌の先が痛いほど乾いている。

「おれが、首を絞めた。かこは二度も、殺されたんだ」

「幻ですよ」

「何だと？」

「幻です。たまにあるんです、そういうこと。自分の死が納得できない魂って、現《うつつ》の人と同じように歳を経ることがあるんです。というより、時間を彷徨《さまよ》ってしまうのかなあ。たいていの人には見えないし、聞こえない。たまたま、吉行さんは、かこの成人した姿を現のように感じることができた」

「霊感ってことか」

「違いますよ。相性かな」

「相性？」

「吉行さんの求めていたものと、かこの求めていたものが、偶然、重なった。それだけのことですよ。でも、それでは困るのです」

「困る？」

「ええ、吉行さんが大人のかこを受け入れてしまったら、かこは本当の姿に、少女に戻れなくなってしまう」

意味がわからない。

白兎が眉を寄せ、小さく唸《うな》った。困惑の表情と唸りだった。

「どう説明すればいいのか難しいな。かこは、笹山和子は知らなくちゃいけなかったんです。自分は大人にはなれないんだと。大人の自分は幻なんだと。でなければ、尾谷には戻れなかった。自分の死を納得して、眠ることはできなかった。でも、吉行さんは受け入れなかった。大人の女としてのかこを受け入れなかった。いや。受け入れられなかった。拒みましたよね」

受け入れられなかった。だから、殺した。

「あのとき、大人の笹山和子は消えました。幻になった。かこはかこに戻れたんです。

戻れて、母親に再会できた。謝ってもらうことができた」

そこで、白兎は静かに笑った。安堵《あんど》の笑みのようだった。

「よかったです」

幻。そうなのか。女一人を縊《くび》り殺したことは、幻と片づけられることなのか。

「白兎」

「はい」

「おれに罪はないのか」

「いいえ」

鮮やかに否定される。

「あなたは人を殺した。罪は罪です」

「だろうな……そうだろうな」

そうだろう。幻だろうと現だろうと、償いきれない罪を背負い込んだことに、かわりはない。誰よりも自分が一番よく、わかっている。罪はないのかと少年に問うてしまった弱さと、いいえと否められたとき感じた希望にも似た想いを、ゆっくりと噛《か》み締めてみる。何度も確かめてみる。

確かに、人は厄介だ。厄介で面倒くさく、不思議な生き物だ。死を速やかに受け入れることも、罪を認めることもできず、ただ生き惑う。幻となってまで彷徨う。

かこ。それでも、おれは、おまえが愛《いと》しかった。他人のことを愛おしむ力が、まだ残っていたと、おまえが教えてくれた。

「振り返ってもいいか？」

吉行の問いに、白兎は微笑み、いいですよと頷《うなず》いた。

見上げた山の斜面には棚田が続き、雑木林が光に包まれていた。霧は去り、空は青く輝こうとしている。小春日和となるかもしれない。美しい静かな秋の一日だ。

「かこ」

風景がぼやける。

「行きますよ」

ドアの音がした。白兎が運転席に乗り込んでいる。

「車の鍵《かぎ》、貸してください。それと吉行さんも早く乗って。ぐずぐずし過ぎです」

「おまえ、運転なんかできるのか？」

「クルーザーだって、ジェット機だってできますよ。ほら、早く」

助手席に乗り込む。ブォンと派手な音をたてて、小型車は急発進した。急いでシートベルトをつける。

「危ない。まともな運転をしろ」

「だいじょうぶですって」

「おまえ、運転免許なんか持ってるのか？」

「まさか」

「まさかって……前に車の運転をしたのは、いつだ？」

「うーん、百年も前じゃなかったけどな」

「ばか。代われ。おれが運転する」

「いいですよ。吉行さん、疲れているでしょ。少し眠るといい。今度は、おれがちゃんと連れていってあげます」

「連れていく？　どこへだ？」

白兎は答えない。陶器の人形を思わせる横顔は表情を消し、眼差《まなざ》しは前に注がれている。

「それとも」と、前を見たまま白兎は言った。

「自分で帰りますか、吉行さん」

車が止まる。人の気配のない山道にエンジンの音を響かせる。

「吉行さんが一度は帰らなくちゃいけなかった場所に、自分一人で帰りますか」

「帰る、か」

「ええ、いつまでも旅を続けるわけには、いかないでしょう」

吉行は少年の横顔を見つめる。

喉《のど》の奥が痛い。

この旅路の果てに辿《たど》り着く場所。

「そうだな。おまえに送ってもらうのは、違うな」

おれの旅路だ。同行者はいらない。

「あ、やっぱり、そうなります。おれはもう、オジャマムシですかぁ」

白兎の口調は薄っぺらで、屈託がない。陽気で軽薄な若者そのものだ。

「じゃあ、途中まで送るってことにしますか。吉行さん、寝てていいですよ。適当なところで起こしてあげます。うわっ、おれって親切だな」

「白兎」

「はい」

「おまえ、案外よくしゃべるな」

「吉行さんとしゃべるの、面白かったですから」

「また、逢《あ》うことがあるか」

「さあ、おれにはわかりません」

わからないことばかりだな。そう言おうとしたけれど、眠気が強くなる。助手席でできる限り、身体を伸ばす。

目を閉じる。

おじちゃん。

かこの声を耳の奥深く聞きながら、眠りに落ちていく。

「吉行さん、吉行さん」

声が遠くでする。それがだんだん近づいてくる。

「吉行さん、おはようございます」

目が覚めた。あの若い長身の看護師が覗《のぞ》き込んでいる。

「起こしてごめんなさいね。検温、お願いしたくて」

体温計を差し出し、口元に笑みを浮かべる。

「あ、ここは……病院ですね」

「そうですよ。吉行さん、昨日、事故で運ばれてきたんです。覚えていますか」

体温計を脇に挟み、ええと頷く。

「山道で事故を起こしてしまいました。倒木に乗り上げた記憶があるんですが、あれは夢じゃないですよね」

看護師が瞬《まばた》きする。笑みながら首肯する。

「そうみたいですね。記憶、はっきりしてきました?」

「ええ。前日に『ゆと屋旅館』に泊まって、昨日は山道を走ったんです。あんな荒れた天候になるとは思わなくて」

「誰と泊まったかはどうです。覚えていますか」

看護師の笑みが消える。やや吊《つ》り上がった一重の眼が、吉行を凝視する。息を吸い込み吐き出し、答える。

「一人でした。連れはいません」

看護師が屈《かが》み込んでいた身体を起こす。体温計の電子音が響いた。数字を確かめ、看護師は「微熱がありますね」と告げた。

「先生にご報告してきますね。吉行さんの意識がずい分とはっきりしてきたって」

そこで、肩を窄《つぼ》め少しばかり笑った。

「昨日はちょっと混乱していたみたいでしたからね」

「そうですか。ご迷惑をかけましたか」

「あ、いいえ、いいえ。そんなことないんです。じゃあ、先生をお呼びしますよ」

看護師が出て行く。

吉行は窓の外に目をやった。クリーム色のカーテンを通して、秋の朝の光が病室を照らしている。

カーテンを開ければ、青い空があるのだろうか。

もう一度、瞼《まぶた》を閉じる。眼裏《まなうら》に紅色が揺れた。彼岸花の色だ。

タクシーから降りる。

丸二日、入院した。その間に事故の調書もとられた。

今朝、医師と看護師に見送られタクシーに乗ると、迷いなくここの住所を告げた。

目の前に白壁、黒瓦《がわら》の家がある。農家独特の広い前庭を持つ家だ。向日葵《ひまわり》が咲いていた。いや、すでに枯れかけ、ミイラのように萎《しぼ》んでいる。それでも影は黒く、地にくっきりと伸びていた。蟬の声は聞こえない。薄紅色のコスモスが盛りの美しさで、枯れかけた向日葵の根元に咲き誇っていた。

生家だった。もう、二十年以上足を踏み入れていない場所だった。それが目交《まなか》いにある。当たり前のようにも、信じられないようにも感じた。タクシーが行ってしまう。僅《わず》かに土埃《つちぼこり》の匂いがした。

玄関から庭箒《ぼうき》を手に、女が一人出てきた。足を引きずるようにして、歩く。肥えた身体が重そうだった。

母さん。その呼びかけができなかった。背筋のあたりが冷えていく。真昼の光のなかで、しばらくぶりに目にした母は、肥えて足を引きずり、老いていた。

もしかしたらと思った。唐突に思った。

もしかしたら、おれも、かこと同じなのか。幻なのか。自分の死を受け入れられず、時空を漂っている魂じゃないのか。

死んだのは、この世から消えたのは、兄貴じゃなくておれじゃなかったのか。そうだとしたら、そうだとしたら……早く悟れと、おまえは後ろで嗤《わら》っているのか、白兎。

母が顔を上げた。両眼が瞬く。首を前に突き出し、よたよたと前に出てくる。不格好なみっともない歩き方だった。

あの視線がおれを突き抜けたとしたら。おれを越えて、空を彷徨《さまよ》ったとしたら、あの口が兄の名を呼んだとしたらどうなる。

身体すべての血が冷えていく。恐怖とはこんなにも凍《い》てつく感覚なのか。消えてしまいたいと、真剣に望んだ日々もあったのに、今、とてつもなく、それが怖い。

生きていたい。おれは、生きていたいよ、母さん。

「明敬！」

悲鳴のように、母は叫んだ。箒を投げ捨てる。背にも腹にも、たっぷりと肉のついた身体が転がるように走り寄ってくる。不自由な足が向日葵の影を踏む。

「明敬、明敬」

母の身体は、吉行の腕にすぽりと納まった。

「明敬、明敬、明敬」

離別の長い時間を呼び叫ぶことで埋めようとするのか、母はただ名前を呼び続ける。

明敬、明敬、明敬、明敬。

呼び疲れて息が詰まり、母が咳《せ》き込む。それでも両の手は、息子の腕をしっかりと摑《つか》まえていた。

「父さんが、おるから……父さんが、家の中におるから、早《はよ》う、顔を見せちゃって」

喘《あえ》ぎながら、母が家の中に誘《いざな》う。

「お父さん」

外の光に慣れた目には薄暗い闇の溜《た》まりにも見える屋内に向け、さらに声を張り上げる。

「明敬が帰ってきたで。お父さん、聞こえてる。明敬やで」

振り向いてみる。光に満ちた庭は、しんと静かだった。今し方母に踏みにじられた向日葵の影は、やはり長く地面に伸びてはいるけれど、さっきほど黒々と濃くはなかった。昨日、かこの胸に止まったのと同じ種なのか紅色をした蜻蛉《とんぼ》が、影にそって真っすぐに視界を過《よぎ》る。

白兎はいなかった。

生まれ故郷の風景が、緩やかに広がっているだけだった。

月が出ていた。

満月に近い、丸い月だ。しかし、満月というには、どこかわずかに欠けているようで、その欠けた部分のわずかさだけ、歪《ゆが》みを感じる。

そんな月だった。


昨日、台風が横断していった。そう、少年が教えてくれた。だから空は雲ばかりなのさ、と。

和子にはよく理解できない。台風はわかる。ものすごい風や雨のことだ。でも、〝おうだん〟とは何だろうか。

首が痛い。

ひりひりと喉元《のどもと》に絡みつく痛みに、和子は涙ぐんだ。

「首が痛いよ」

隣にいる少年に訴える。兄でも年長の友人でもなかったけれど、和子は少年を頼っていた。手を握られていると、なぜか安心できた。

「すぐに治るよ」

少年の声は優しくて、和子は安堵《あんど》する。

「なんで痛いんかなあ。ひりひりするんで。かこ、なんで痛いんか、ようわからん」

「いいよ。かこは、わからなくていい」

少年の指がすっと首筋を撫《な》でる。冷たい指先だった。魔法のように痛みがとれた。

「あっ治った」

「よかったな」

あたりは漆黒の闇と虫の音に包まれている。自分の手のひらさえ、見定められない闇だけれど、少年が傍らにいるので少しも怖くなかった。ただ、少し寒い。

「お兄ちゃん」

「うん？」

「ここにおったら、ほんまにお家《うち》に帰れるん？」

「そうだな。たぶん、もうすぐお迎えが来るさ」

「お迎え？」

「かこをお母ちゃんのところまで、車で送ってくれる人」

「車？　ほんまに？　すごいね」

草の中にしゃがみ込む。鳴きしきる虫を一匹でも捕まえたかったけれど、あまりに暗く、何も見えない。

「お兄ちゃん」

少年は、彫像のように静かに立っていた。とても静かに立っていた。冷たい指先に触れてみる。

「その人、おじちゃん?」

「そうだよ」

「優しい?」

「ああ……」

よかったと和子は闇の中で微笑んでいる。優しい人なら、よかった。その人に、お花をあげようと、ふいに思いつく。

目を凝らしてみたけれど、花はなかった。悲しくなる。

「かこ、来たぞ」

闇の中に光が灯《とも》った。近づいてくる。二つの並んだ煌《きら》めく光。胸が高鳴った。なんてきれいな、なんて眩《まぶ》しい光なんだ。

少年がふらりと動く。

ブレーキの音がした。白い車が止まる。

本書は、二〇一二年九月に講談社より刊行された単行本『白兎1　透明な旅路と』を加筆修正し、改題のうえ文庫化したものです。

# 緋色《ひいろ》の稜線《りょうせん》

あさのあつこ

令和2年 11月25日　初版発行
令和6年 12月5日　再版発行

発行者●山下直久

発行●株式会社KADOKAWA
〒102-8177　東京都千代田区富士見2-13-3
電話　0570-002-301（ナビダイヤル）

角川文庫 22409

印刷所●株式会社KADOKAWA
製本所●株式会社KADOKAWA

表紙画●和田三造


ISBN 978-4-04-109189-0　C0193

# 角川文庫発刊に際して

角川源義

　第二次世界大戦の敗北は、軍事力の敗北であった以上に、私たちの若い文化力の敗退であった。私たちの文化が戦争に対して如何に無力であり、単なるあだ花に過ぎなかったかを、私たちは身を以て体験し痛感した。西洋近代文化の摂取にとって、明治以後八十年の歳月は決して短かすぎたとは言えない。にもかかわらず、近代文化の伝統を確立し、自由な批判と柔軟な良識に富む文化層として自らを形成することに私たちは失敗して来た。そしてこれは、各層への文化の普及滲透を任務とする出版人の責任でもあった。

　一九四五年以来、私たちは再び振出しに戻り、第一歩から踏み出すことを余儀なくされた。これは大きな不幸ではあるが、反面、これまでの混沌・未熟・歪曲の中にあった我が国の文化に秩序と確たる基礎を齎らすためには絶好の機会でもある。角川書店は、このような祖国の文化的危機にあたり、微力をも顧みず再建の礎石たるべき抱負と決意とをもって出発したが、ここに創立以来の念願を果すべく角川文庫を発刊する。これまで刊行されたあらゆる全集叢書文庫類の長所と短所とを検討し、古今東西の不朽の典籍を、良心的編集のもとに、廉価に、そして書架にふさわしい美本として、多くのひとびとに提供しようとする。しかし私たちは徒らに百科全書的な知識のジレッタントを作ることを目的とせず、あくまで祖国の文化に秩序と再建への道を示し、この文庫を角川書店の栄ある事業として、今後永久に継続発展せしめ、学芸と教養との殿堂として大成せんことを期したい。多くの読書子の愛情ある忠言と支持とによって、この希望と抱負とを完遂せしめられんことを願う。

一九四九年五月三日

# 角川文庫ベストセラー

ミヤマ物語
第二部 結界の森へ
あさのあつこ

牢から母を逃がし兵から追われたハギは、森の中で透流に救われる。怯えていたハギは介抱されるうちに少しずつ心を開き、自分たちの世界の話を始める。2人の少年がつむぐファンタジー大作、第二部。

ミヤマ物語
第三部 偽りの支配者
あさのあつこ

亡き父の故郷雲濡で、透流はもう一つの世界ウンヌから来た少年ハギと出会う。ハギとの友情をかけて、透流は謎の統治者ミドと対峙することになる。ファンタジー大作、完結編！

敗者たちの季節
あさのあつこ

甲子園の初出場をかけた地方大会決勝で敗れ、海藤高校野球部の夏は終わった。悔しさをかみしめる投手直登のもとに、優勝した東祥学園の甲子園出場辞退という、思わぬ報せが届く……胸を打つ青春野球小説。

かんかん橋の向こう側
あさのあつこ

常連客でにぎわう食堂『ののや』に、訳ありげな青年が現れる。ネットで話題になっている小説の舞台が『ののや』だというが？ 小さな食堂を舞台に、精いっぱい生きる人々の絆と少女の成長を描いた作品長編。

The MANZAI
十五歳の章 (上)(下)
あさのあつこ

対照的なキャラクターの中学生が「漫才」をテーマに反発し理解していくさまを、繊細かつユーモラスに描いた青春小説シリーズ第1弾。

# 角川文庫ベストセラー

## 薫風ただなか
あさのあつこ

江戸時代後期、十五万石を超える富裕な石久藩。鳥羽新吾は上士の息子でありながら、藩学から庶民も通う郷校「薫風館」に転学し、仲間たちと切磋琢磨しつつ勉学に励んでいた。そこに、藩主暗殺が絡んだ陰謀が。

## 作家の履歴書
21人の人気作家が語るプロになるための方法
大沢在昌他

作家になったきっかけ、応募した賞や選んだ理由、発想の原点はどこにあるのか、実際の収入はどんな感じなのか、などなど。人気作家が、人生を変えた経験を赤裸々に語るデビューの方法21例！

## 緑の家の女
逢坂　剛

ある女の調査を頼まれた岡坂神策。周辺を探っている最中、女の部屋で不可解な転落事故が！　逢坂剛の大人のサスペンス。「岡坂神策」シリーズ短編集（『ハポン追跡』）が改題され、装い新たに登場！

## 宝を探す女
逢坂　剛

岡坂神策は、ある晩ひったくりにあった女を助けるが、なぜかその女から幕末埋蔵金探しを持ちかけられる（表題作）。「岡坂神策」シリーズから、5編のサスペンス！『カプグラの悪夢』改題。

## 十字路に立つ女
逢坂　剛

岡坂の知人の娘に持ち込まれた不審な腎移植手術の話。古書街の強引な地上げ攻勢、過去に起きた婦女暴行殺人犯の脱走。そして美しいスペイン文学研究者との恋。錯綜する謎を追う、岡坂神策シリーズの傑作長編！

# 角川文庫ベストセラー

熱き血の誇り（上）（下）　逢坂　剛

製薬会社の秘書を勤める麻矢は、偶然会社の秘密を知ってしまう。白い人工血液、謎の新興宗教、追われるカディスの歌手とギタリスト。ばらばらの謎がやがて1つの線で繋がっていく。超エンタテインメント！

燃える地の果てに（上）（下）　逢坂　剛

スペインで起きた米軍機事故とスパイ合戦に巻き込まれた日本人と、30年後ギター製作者を捜す一組の男女。2つの時間軸に起きた事件が交錯して、やがて驚愕のラストへ。極上エンタテインメント！

狂王の庭　小池真理子

「僕があなたを恋していること、わからないのですか」昭和27年、国分寺。華麗な西洋庭園で行われた夜会で、彼はまっしぐらに突き進んできた。庭を作る男と美しい人妻。至高の恋を描いた小池ロマンの長編傑作。

青山娼館　小池真理子

東京・青山にある高級娼婦の館「マダム・アナイス」。そこは、愛と性に疲れた男女がもう一度、生き直す聖地でもあった。愛娘と親友を次々と亡くした奈月は、絶望の淵で娼婦になろうと決意する——。

二重生活　小池真理子

大学院生の珠は、ある思いつきから近所に住む男性・石坂を尾行、不倫現場を目撃する。他人の秘密に魅了された珠は観察を繰り返すが、尾行は珠と恋人との関係にも影響を及ぼしてゆく。蠱惑のサスペンス！